藏書

珍藏版

唐詩宋詞元曲

于立文 主编

李金龙 编

选编

贰

辽海出版社

岑 参

寄左省杜拾遗

联步趋丹陛①，分曹限紫微。

晓随天仗②入，暮惹御香③归。

白发悲花落，青云羡鸟飞。

圣朝无阙事④，自觉谏书稀。

【注释】

①丹陛：宫殿的台阶。

②天仗：天子的仪仗。朝官入殿由仪仗引路。

③御香：指殿中的香烟。

④阙事：失误之事。

【译诗】

我俩同走上殿前的红石阶，分隔在朝中东西两官署。清早随天子仪仗入朝，傍晚归来衣沾御炉香。花飞花落，哀叹我两鬓生霜。青天白云，羡慕小鸟自由飞翔。圣明的朝廷无过失，我上呈的谏书愈加稀少。

【赏析】

　　此诗意在言外。诗人悲叹自己年华已逝，徒羡他人青云得志。诗中运用反语，名义上赞朝廷无阙事，实是暗含讥讽。肃宗朝阙事甚多，岑参和杜甫对此都不满。只不过自己不受器重，不得不少写谏书而已。杜甫在和这首诗时最后两句说："故人有佳句，独赠白头翁。"是体会岑参诗中深意的。

李　白

赠孟浩然

吾爱孟夫子，风流天下闻[1]。

红颜弃轩冕[2]，白首卧松云[3]。

醉月频中圣[4]，迷花不事君。

高山安可仰，徒此揖清芬。

【注释】

　　①夫子：古代对男子的敬称。风流：指潇洒的生活

态度。

②红颜：脸色红润，指年青时代。轩冕：公卿大夫乘的华美的车子和官员戴的礼帽，此处代指高官。

③松云：松树云霞。卧松云：指隐居山林。

④醉月：月夜醉酒。中圣：醉酒的隐语。据载，汉末曹操禁酒甚严，时人讳说酒字，故嗜酒之人把清酒叫作圣人，浊酒叫作贤人。尚书郎徐邈私自饮酒，对人说是"中圣人"，后遂以"中圣"称醉酒。

【译诗】

我敬爱孟夫子，他风雅潇洒闻名于世。少年时鄙弃高官荣华，老年后隐居林泉松山。望月畅饮酒，常常入醉乡。迷恋花与草，不走仕途不做官。巍巍高山挺立，自叹不可登攀。只有在此跪拜，恭敬赞美你的高洁。

【赏析】

开元二十七年（739），李白游襄阳访孟浩然后作本诗。李白对年辈稍长的孟浩然是十分钦慕的。此诗第一联，以"风流"二字评价孟浩然。何谓"风流？即第二、三联所述：孟夫子年轻时即摒弃富贵荣华，四十岁时才游长安，一辈子隐居襄阳，在"岩扉松径长寂寥"的山林间，孟浩然"隐者自怡悦"，其胸襟之散淡，为李白所钦羡，人品之高洁，为李白所仰慕，至有"高山仰止"之慨。诗歌只撷取了几样事物，寥寥几笔，即写出了孟浩然高洁的品格。李白不轻许人，然其对孟浩然的钦羡却如此！全诗格调高古，情意豪放。

渡荆门送别①

渡远荆门外，来从楚国游。

山随平野尽，江入大荒流②。

月下飞天镜③，云生结海楼④。

仍怜故乡水，万里送行舟。

【注释】

①荆门：山名，在今湖北宜都县西北长江南岸，隔江与虎牙山对峙。上合下开，如同门户，是楚蜀交界处。

②大荒：无边的旷野。

③此句意谓月影倒映水中，如天上飞下的明镜。

④海楼：即海市蜃楼。

【译诗】

我驾舟远渡荆门外，到那古时的楚国游，高山渐渐隐去，平野舒展开来。江水一片，仿佛流进广阔的莽原。波中月影，宛如天上飞来的明镜。空中彩云，结成绮丽的海市蜃楼。我还是爱故乡的江水，送我小舟迢迢行万里。

【赏析】

这首诗是李白出蜀初游楚地时的作品。它以清新飘逸的笔触，描绘了沿江东下所见的开阔形势和新奇景象，抒写了诗人从蜀中初到平原的喜悦心情和宽广胸襟。"月下飞天镜，云生结海楼"句用语奇妙，历来被称为不朽佳句。末联因江水而产生对故乡惜别的情怀中，鲜明地反映了诗人"仗剑去国，辞亲远游"时乐观向上的精神。

送友人

青山横北郭①，白水绕东城。

此地一为别，孤蓬万里征。

浮云游子意，落日故人情。

挥手自兹去[2]，萧萧班马鸣[3]。

【注释】

①郭：外城。

②兹：这。

③萧萧：马鸣声。班马：将要离别的马。

【译诗】

苍山翠岭横卧北城外，清彻的河水环绕东城流。此地一分别，你将如蓬草孤独行万里。游子的行踪似天上浮云，落日难留，纵有深深情意。挥手告别，你我各奔东西。萧萧长鸣，马匹也怨别离。

【赏析】

这是一首送别诗。但这首诗通过对送别环境的描写，表达了李白与友人的依依惜别之情。在青山绿水间，作者与友人并肩缓辔，情意绵绵。这次一分别，万里飘零，再见不知何日。“浮云游子意，落日故人情”，形容友人行踪飘忽不定与自己对友人的依依不舍之情，即景取喻，境界雄浑壮阔。末句“萧萧班马鸣”更增添了别时的惆怅，也给别时渲染了一种悲凉壮阔的气象。全诗声色俱佳，感情真挚，虽感伤别离，却又昂扬奔放。

听蜀僧濬弹琴

蜀僧抱绿绮①，西下峨嵋峰。

为我一挥手，如听万壑松②。

客心洗流水③，余响入霜钟④。

不觉碧山暮，秋云暗几重。

【注释】

①绿绮：原是司马相如的琴名，此泛指琴。

②万壑松：万壑松涛之声。壑：山谷。

③此句谓：优美的琴音如流水一样洗涤了游子的情怀。客心：指诗人作客异乡的情怀。流水：春秋时俞伯牙弹琴，钟子期能辨别出伯牙志在高山，还是志在流水，伯牙遂把子期视为知音。后世因以"高山流水"比喻琴音的优美。

④余响：琴之余音。霜钟：《山海经·中山经》载：丰山有九钟，"是知霜鸣"。郭璞注云："霜降则钟鸣，故言知也，物有自然感应而不可为也。"此指秋日钟声。

【译诗】

　　峨嵋山西，走来一位蜀地高僧，怀中抱着绿绮琴。

他挥手为我弹奏，我仿佛听见松涛声传遍千山万壑。"流水"一曲洗尘心，琴弦伴和晚钟鸣。不觉青山入暮色，秋空布满几重浓云。

【赏析】

这首诗描摹琴声之妙。作者写蜀僧弹琴，毫不拘泥于其弹奏技巧，而只说"一挥手"，其技巧和神态的潇洒可知；写琴声，也不从正面描述，只云"如听万壑松"，其琴声的清朗神峻可知；写听琴后的心理感受，只云听者的精神得到澄清，琴的余音引起寺内钟的共鸣，可知听者心神爽朗，得到了极大的美感享受。"不觉碧山暮，秋云暗几重"二句，用听者听得入神，不知不觉间天就黑了来反衬琴声之美妙，写法也很别致。松涛阵阵，流水丁丁，古刹钟鸣，余音袅袅，正如蜀僧弹琴，诗作本身就构成一支优美动人的交响乐曲。

夜泊牛渚怀古

牛渚西江夜①，青天无片云。
登舟望秋月，空忆谢将军②。
余亦能高咏，斯人不可闻。
明朝挂帆去，枫叶落纷纷。

【注释】

①牛渚：山名，在今安徽当涂县西北。西江：今长江自南京至江西一段。

②谢将军：东晋谢尚，官镇西将军。镇守牛渚时，秋夜泛舟赏月，遇袁宏诵诗，听后大加赞赏，邀其登舟长谈至天明，袁宏自此名声大振。

【译诗】

夜来泊船牛渚山下，天穹清明万里无云。登上轻舟望秋月，徒然想起谢将军。我虽还能高歌吟咏，却难遇当年的谢将军。明晨我将扬帆离去，秋风起，枫叶纷纷落地。

【赏析】

大诗人李白在秋天月夜，舟泊牛渚，自然联想起晋镇西将军谢尚。当年谢尚舟行经牛渚，月夜闻客船上有人咏诗，叹赏不已，遣人询问，乃是袁宏自吟他的《咏史》诗，因此订交。皓月当空，秋江妙景不减当年，自己却落魄江湖，政治抱负不得施展。随之疾书成章，抒发胸中怀才不遇，恨无知音的无限感慨、惆怅之情。全诗信笔写成，不讲究雕饰却能够音韵铿锵，余味不尽。

杜 甫

春 望

国破山河在，城春草木深。

感时花溅泪①，恨别鸟惊心。

烽火连三月，家书抵万金。

白头搔更短，浑欲不胜簪②。

【注释】

　　①时：指时事、时局。

　　②此二句言诗人过于忧虑而未老先衰。

【译诗】

　　国家残破，山河依旧如昔。春来临，荒城

草木丛生一片凄凉。忧心伤感，见花反到泪淋淋。怨别离，鸟鸣令我心悸。战火硝烟三月不停息，家人书信珍贵值万金。愁闷心烦只有搔首，白发疏稀插不上簪。

【赏析】

这首诗是肃宗至德二年（757）三月作者困居长安时写的，是一首触景生情的抒情诗。长安沦陷，虽然山河依旧，但已物是人非。诗人面对破碎的河山，荒芜的城垣，睹物伤怀。春光明媚，鸟语花香，更增加诗人的愁思。所以，第二联紧扣"春望"，正面抒发了伤乱思家的感慨。接着以"烽火"句承"感时"句，以"家书"句承"恨别"句，层次分明，结构严谨，从而使诗人感时伤别之情更深沉而具体。最后以白发稀少"不胜簪"作结，忧国之心真挚感人。这首诗，对仗工整，情致沉郁宛转，写景抒情浑然一体。景物的形象，体现着诗人的感情；作者的感情，又贯注在景物形象的描绘中，因而诗篇具有很强的感染力。

月 夜

今夜鄜州月①，闺中只独看。

遥怜小儿女，未解忆长安。

香雾云鬟湿，清辉玉臂寒^②。

何时倚虚幌，双照泪痕干^③。

【注释】

①鄜州：今陕西富县。诗人的妻子当时在鄜州。

②云鬟：指妇女乌黑的发髻。清辉：清冷的月光。

③虚幌：薄幔。双照：共照二人。

【译诗】

今夜鄜州月明亮，我妻独在家中赏。可怜幼小的儿
女们，还不懂娘心挂长安。雾气沾湿了她的鬟发，月光

清冷令她双臂寒。何时能团聚明月下，相倚在温馨的薄幔。月光照着拭去的泪痕，重逢的喜悦已将离愁溶化。

【赏析】

这首诗作于安史之乱中。这年5月，杜甫携家避难鄜州，8月只身前去投奔刚在灵武即位的肃宗，途中被安史叛军所俘，拘禁于长安。

此诗的表现手法独具匠心：明明是杜甫思念流羁鄜州的家人，不直接道出，而是句句"从对面写起"，即设想妻子儿女在鄜州望月思念杜甫。妻子正在鄜州仰头望月、低头思夫。孩子们不能理解母亲对月怀人的心事。在月下伫望时间长了，露水沾湿了妻子的头发，清辉使得妻子玉臂生寒。妻子在想：何时才能团聚呢？全诗写乱离岁月，家人两地相思之情，情真意切，真挚动人。

春宿左省

花隐掖垣暮，啾啾栖鸟过①。

星临万户动，月傍九霄多。

不寝听金钥，因风想玉珂②。

明朝有封事，数问夜如何③。

【注释】

①掖垣：因门下省和中书省在官墙的两边，像人的两腋，故名。

②玉珂：上趄之马的勒饰，马行则响。

③封事：密奏。臣下上书奏事，为防泄漏，用黑色袋子密封，故名。

【译诗】

暮色映照着左省的墙垣，花草朦胧依稀可见。小鸟啾啾鸣叫，急急忙忙飞回巢。夜空群星闪耀，千门万户在光亮中曳摇。至高的朝廷如在九霄，浩月清光比别处更亮。夜不眠，似听见钥匙开官门；风铃响，好像百官上朝的马铃声。明早要上朝，进呈奏章给天子，夜里几次惊醒，询问这是啥时辰。

【赏析】

这首诗是写杜甫值宿门下省事，当时应当是肃宗乾元二年（759），杜甫任左拾遗。诗人忠于讽谏职守，紧张准备封事，通夜不眠，等待早朝。诗中"自暮到夜，自夜至朝，叙述详明"，充分表现了杜甫的居官小心谨慎，尽职尽忠，殷勤为国的精神。

月夜忆舍弟

戍鼓断人行，秋边一雁声^①。

露从今夜白，月是故乡明。

有弟皆分散，无家问死生^②。

寄书长不达，况乃未休兵！

【注释】

①戍鼓：戍楼上的更鼓。戍：驻防。边秋：边塞的秋天。一作"秋边"。

②无家：意指兄弟分散，家不成家。

【译诗】

戍楼上更鼓咚咚响，道路上行人无踪影。边城荒芜秋风凉，只听见孤雁哀鸣。今夜霜露格外白，月还是故乡的明。兄弟离散各一方，家已残破，生死消息何处寻？书信久已不能抵，何况战火不停息。

【赏析】

这首诗是杜甫贬官华州后，当地发生饥荒，乃弃官西去，在秦州（今甘肃天水县）怀念胞弟之作。诗中写兄弟因战乱而离散，杳无音信。虽是露白月明，风景大好，但在异乡的戍鼓和孤雁声中观赏，只能倍增思乡忆弟之情。颠沛流离中的诗人杜甫，除了思念兄弟，也在诗中寄寓了国家破碎的沉痛心情。"露从今夜白，月是故乡明"一句，语意平淡而感情深沉，从而成为经年传诵的名句。

天末怀李白

凉风起天末，君子意如何①。

鸿雁几时到，江湖秋水多。

文章憎命达，魑魅喜人过②。

应共冤魂语，投诗赠汨罗③。

【注释】

①君子：指李白。

②魑魅：泛指鬼怪。喻奸邪小人。

③应共句：屈原含冤沉江，李白受冤遭贬，二者有相同之处，故有此语。汨罗：水名，在湖南东北部。屈原自沉于此。

【译诗】

凉风飕飕从天边起，你的心境怎样，今我惦念不已。传信的鸿雁几时能飞到？只恐江湖秋水多风浪。丈才卓绝薄命遭忌恨，山精水怪最喜吞食过路人。你与沉冤的屈子同命运，投诗汨罗江，诉说冤屈与不平。

【赏析】

此诗作于乾元二年（759）秋天。当时杜甫流寓秦州。李白在至德二年（757）因入永王璘幕府一案被捕入狱，乾元元年（758）流放夜郎（今贵州省桐梓县一带），次年中途赦还。但杜甫不知李白遇赦，怀念李白，遂成此诗。诗以凉风起兴，对景相思，表达了对李白的一片牵挂之情，并为他的悲惨遭遇愤慨不平，杜甫把李白同屈原相提并论，对李白惺惺相惜。杜李二人之间有着深厚的友谊，所以古称文人相轻并未尽然。

奉济驿重送严公四韵

远送从此别，青山空复情^①。
几时杯重把，昨夜月同行。
列郡讴歌惜，三朝出入荣^②。
江村独归处，寂寞养残生^③。

【注释】

①空复情：徒然有情。

②列郡：指东西两川属邑。惜：惋惜严武离任。三朝：指玄宗、肃宗、代宗三朝。出入荣：指严武三朝为官。

③江村：指成都草堂。

【译诗】

远相送，此地就要与君别。山青青，枉留下依依恋情。昨夜同在月下饮酒，你这一走，不知何日才能举杯重聚？列郡的百姓歌颂你，为你离去深惋惜。你历任三朝高官，荣幸迭居重位。送别你后，我即忧忧独自回江村，寂寞孤凄度余生。

【赏析】

代宗宝应元年，严武奉诏入朝，杜甫从成都一直送他到绵州才分手所以有第一句的"远送从此别"。杜甫与严武是世交，其父曾是杜甫的好友。严武两次任剑南节度使，对杜甫在生活上都多方面给予关照，二人过从甚深。诗中第三联颂扬严武的政绩，第四联严武此次入京，杜甫担心与严武后会无期，旧欢难再。诗中表现出一种依依惜别的感情，语调沉重。

别房太尉墓

他乡复行役^①，驻马别孤坟。

近泪无干土，低空有断云^②。

对棋陪谢傅^③，把剑觅徐君。

唯见林花落，莺啼送客闻^④。

【注释】

①行役：行旅，指去成都。

②低空：野旷天低，故云："低空"。此两句写哭墓之哀，亦有诗人自叹身世飘零四海无依之意。

③谢傅：指晋谢安。谢安为宰相。淝水之战，大破符坚，使国家转危为安。此句以谢安喻房琯。

④此两句意写墓地的寂寞情况，而感叹房琯身后萧条。

【译诗】

我又要启程远游他乡，独自驻马孤坟前，告别故去的房琯，泪水沾湿脚下的泥土，乌云在低空飘舞。昔日我与君下棋，如同陪萧洒的谢安。今我倘有季子的宝剑，又到何处去寻徐君？四野茫茫，只看见林花飞落，林间空空，只听见送客的黄莺啼鸣。

【赏析】

这首诗是杜甫凭吊房琯墓时所写。杜甫与房琯年轻时就是好朋友，交谊甚深。房琯曾推荐杜甫入仕。杜甫亦曾因上疏救房琯而被贬。"近泪无干土，低空有断云"两句写见坟而泪下如注，沾湿泥土，望天而断云愁惨，极写其心情的悲痛。三联借历史典故写他与房琯的深厚友谊。四联就坟地的景色，即景抒情，通过落花啼鸟，倍写坟地冷落和寂寞凄凉，抒发作者对友人逝世的悲哀情怀。全诗写得凄怆落寞，联系杜甫当时境遇，末句"莺啼送客闻"更是含有深意。

旅夜书怀

细草微风岸，危樯独夜舟。

星垂平野阔，月涌大江流①。

名岂文章著，官应老病休②。

飘飘何所以，天地一沙鸥。

【注释】

①大江：指长江。

②此句为反语，杜甫是由于疏救房琯，议论时政而被罢官的，并不是因为老病。

【译诗】

微风轻轻地吹拂着岸边的细草，高耸桅杆的小舟静夜在江边停靠。天际的星星垂向广袤空旷的平野。山中的明月涌出奔流不息的大江。我的名声哪会是因为文章著。解官撤职全是由于我衰老病痛。我飘泊游荡像什么？恰似天地间一只小沙鸥。

【赏析】

这首诗是代宗永泰元年杜甫率领全家离开成都乘舟下渝州（今重庆）、忠州（今四川忠县）一带时所作。广德二年，永泰元年的前一年，严武再镇西川，执意劝杜甫入幕府。杜甫盛情难却，勉强就任，但终于在永泰元年正月辞职回草堂，不久携家乘舟东下。诗中抒发了诗人怀才不遇半生漂泊的情怀。诗的前半部分描绘江上夜景：细草微风、危樯夜舟、星垂平野、月涌江流。诗的后半部分抒写旅夜的感慨，对自己在政治上的抱负不得实现以反语的形式表示极大的愤慨。最后两句以沙鸥自比，描绘自己一生漂泊的形象。全诗境界开阔，意蕴雄浑。

登岳阳楼①

昔闻洞庭水，今上岳阳楼。

吴楚东南坼，乾坤日夜浮。

亲朋无一字②，老病有孤舟。

戎马关山北，凭轩涕泗流。

【注释】

　　①岳阳楼：岳阳城西门楼。岳阳楼下临洞庭湖。

　　②无一字：指没有一点音信。

【译诗】

　　早就知洞庭湖的盛名，今天终于登上岳阳楼。雄

阔壮观的大湖，将吴楚分隔在东南两域。翻滚浩荡

的水波，吞吐日月昼夜不息。亲朋好友音信全无，我年

老多病，乘孤舟四处漂流。北边的关山战火不停，我倚

窗远望泪淋淋。

【赏析】

　　大历三年（768）春，杜甫由夔州出峡，漂泊于江

湘之间。这年冬天，杜甫从公安到了岳阳，登岳阳楼后

作了这首即景抒情的优秀诗篇。这时杜甫已五十八岁，

既老且病，生活异常窘困，心情是很郁闷的。诗人并没

有停留在个人的不幸遭遇上，而是关心着国家的命运，

并为国家的多难而叹息。诗一开始用极为自然的对偶句

抒写登楼时的欢快心情，接着描写登楼所见，仅十个

字，概括地写出洞庭湖烟波浩淼的雄伟气象，意境开朗

壮阔。后两联面对茫茫湖水，诗人由抒发孤凄寂寥的情

怀转向忧国伤时，深沉感人。全诗对仗工整，用韵谨

严，前后映衬，浑然一体。

王　维

辋川闲居赠裴秀才迪

寒山转苍翠，秋水日潺湲^①。

倚杖柴门外，临风听暮蝉。

渡头余落日，墟里上孤烟^②。

复值接舆醉，狂歌五柳前^③。

【注释】

①苍翠：青绿色。

②墟里：村落。孤烟：直升的炊烟。

③接舆：春秋时楚隐士陆通，佯狂遁世。代指裴
迪。五柳：五柳先生，指陶渊明。此诗人自比。

【译诗】

秋日里，寒山苍翠更浓郁，溪水潺潺流淌不停息。
我手倚拐杖立柴门外，临风细听那晚蝉鸣啼。渡口边降
下落日，村落里升起炊烟。仿佛又遇到古时的接舆，你

酒醉疏狂，在我五柳先生的门前，放声高唱。

【赏析】

　　这首诗所要极力表现的是秋日辋川恬静的风景。首联和三联写山水原野的深秋暮色，诗人选择富有季节和时间特征的景物：苍翠的寒山、徐流的秋水、渡口的夕阳，墟里的炊烟，有声有色，动静结合，勾勒出一幅和谐幽静而又富有生机的田园山水画。

　　诗的二联和四联写诗人与裴迪的闲居之乐。倚杖柴门，临风听蝉，把诗人安逸的神态，超然物外的情致，写得栩栩如生；醉酒狂歌，则把裴迪的狂士风度表现得淋漓尽致。全诗物我一体，情景交融，意境深远。

山居秋暝①

　　　　空山新雨后，天气晚来秋。

　　　　明月松间照，清泉石上流。

　　　　竹喧归浣女②，莲动下渔舟。

　　　　随意春芳歇，王孙自可留。

【注释】

　　①暝：日暮，夜晚。

②浣女：洗衣的妇女。

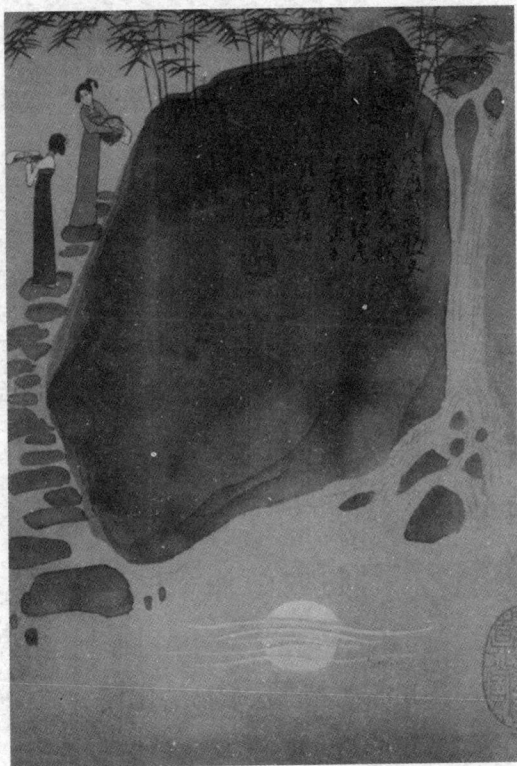

【译诗】

　　大雨刚刚过去，山谷格外空寂。夜晚悄悄来临，秋凉天气清新。明白皎皎，萤光洒满松林。山泉潺潺，清水在石上流淌。竹林传来阵阵喧闹，是洗衣女在归途中嘻笑。莲叶在水中轻轻摇动，是晚归的渔舟顺流而下。任随春光消逝芬芳尽，秋色美景仍可挽留人。

【赏析】

这首诗是王维晚年隐居辋川时所作，写秋晚山景，借以表达作者对纯朴安静生活之理想和放纵山林之志趣。诗人描绘了山中秋雨过后肖朗明净的月夜：松间的明月、石上的清泉、竹林中的浣女、溪中的渔舟有机地构成了一幅明丽的画图。诗中的形象鲜明，境界空明登澈，切合秋雨过后晚空的景象。

请人张谦宜《纲斋诗谈》认为这首诗出语自然，为"写真境之神品"。

归嵩山作①

清川带长薄②，车马去闲闲。
流水如有意，暮禽相与还。
荒城临古渡，落日满秋山。
迢递嵩高下，归来且闭关。

【注释】

①嵩山：五岳的中岳。
②清川：清清的河流。

【译诗】

清清的河川，穿进茂密的草木。我驾乘车马，缓缓地归去。流水啊，你若有情，伴我同回不反悔。暮色昏昏倦鸟啼，相随相依把家归。荒凉的城池临靠古渡口，落日的余辉将秋山染红。千里迢迢来到嵩山下，我要紧闭屋门不沾红尘。

【赏析】

这首诗是作者辞官归隐嵩山途中所作，通过描写途中所见景色抒写了作者细微复杂的心境。退隐是一件闲适的事。"车马去闲闲"。

沿途，流水、归鸟同我回来隐居的心情一样。回来了，闭门谢客，何等闲适自在。但作者也透露了一丝失意、无可奈何的心情，在写景上有所反映：荒城、古渡、落日、秋山。全诗层次清楚，从离去到沿途所见，直到归来，而作者能抓住一些典型景色描写，表达自己的心境。诗的意境如画，闭目历历可见。

终南山

太乙近天都，连山到海隅①。

白云回望合，青霭入看无②。

分野中峰变，阴晴众壑殊③。

欲投人处宿，隔水问樵夫④。

【注释】

①太乙：终南山别称。天都：传说天帝的居所。此指帝都长安。海隅：海边。

②回望合：回望山顶，白云聚合，笼罩在终南山上。霭：雾气。

③分野：我国古代天文学家把天上的星宿和地上的区域联系起来，地上的某一区域都划定在星空的某一范围之内，称为分野。中峰：指主峰太乙。这句指以太乙为标志，东西两边就分属不同星宿的分野了。壑：山沟。殊：不同。这句指在同一时间内，众壑之间阴晴不同。

④人宿处：有人家的地方。

【译诗】

终南山高耸入云，与天帝都城接近。山峦延绵不绝，遥遥伸向海滨。回望山下白云滚滚连成一遍，钻进青霭，眼前雾团杳然不见。终南山脉雄阔高大，中峰能分隔星宿州国。高山低谷千差万别，阴晴凉热殊异难同。我想寻人家投宿，隔着河川高声问樵夫。

【赏析】

这首诗是作者隐于"终南别业"时所作。诗一开始作者就用夸张的手法描绘了终南山的高峻雄伟，绵延不断。正由于它高耸入云，横亘关中，因而诗人从远望近观的景象不同，大小山谷阴晴殊异这几方面进一步勾画终南山的雄姿。但结尾两句，意指终日观山并不满足，直至日暮，要向人家借宿，表现作者对山林生活的喜好，但也给人以冷寂空旷之感。

酬张少府

晚年唯好静，万事不关心。

自顾无长策①，空知返旧林②。

松风吹解带，山月照弹琴。

君问穷通理，渔歌入浦深。

【注释】

①长策：好办法。

②空：徒然，只是。旧林：语出陶渊明《归园田居》："羁鸟恋旧林。"

【译诗】

晚年我独爱清静，万事全不挂在心。自知不能献良策，何不如返回旧居的山林。松林中吹来凉爽的风，我

宽解衣带舒展轻松。明月从山间升起，莹光照着我拨琴弦。你问世间穷通的道理，请听河浦深处的渔歌。

【赏析】

这首诗作于玄宗开元二十九年，张九龄已罢相，李林甫为相，玄宗的开明政治已经终结。

王维此时虽任京官，但对朝政已经完全失望，开始过着半官半隐的生活，"晚年惟好静，万事不关心"，正是他此时内心的真实写照。自知不能献良策，何不如返回旧居的山林。松林中吹来凉爽的风，我宽解衣带舒展轻松。明月从山间升起，清光照着我拨琴弦。你问世间穷通的道理，请听河浦深处的渔歌。作者写自己对自己的闲适生活很快意，并表示自己对穷通之理有所领悟，已经能超然物外，从表面上看似乎很达观，但"自顾无长策"，诗人还是透露出一点点失落和苦闷的气息来了。

过香积寺

不知香积寺，数里入云峰。
古木无人径，深山何处钟？
泉声咽危石，日色冷青松。
薄暮空潭曲，安禅制毒龙①。

【注释】

①安禅：指身心安然入静境。毒龙：佛家比喻邪念妄想。

【译诗】

不知香积寺在何处，我行走了几里山路，终于登上入云的高峰。小径深藏在参天的古木中，看不见行人的踪迹。深山密林似有晚钟鸣，回声荡漾不知来自何方。山泉流淌碰岩石，潺潺的水声含呜咽。太阳透进青松林，草深树密光影凉。春霭淡淡缭绕山林，寺旁的空潭更显幽深。身心安然入静境，如制毒龙去妄心。

【赏析】

这首诗写作者访香积寺所见景色，并抒发了作者的感慨。前六句写景，表现深山古寺幽深清冷的境界。作者按行经顺序，逐一写出路上所见景色，把读者引进胜境，随作者入山访古。三联"泉声咽危石，日色冷清松"写声写色，逼真如画，可称名句。诗的末联为作者见到幽深景色后产生的感想，即表示自己应到这样的地方来修身养性，以消除各种世俗杂念。全诗用字精妙，耐人寻味。

送梓州李使君

万壑树参天^①，千山响杜鹃。

山中一夜雨，树杪百重泉^②。

汉女输橦布^③，巴人讼芋田。

文翁翻教授^④，不敢倚先贤。

【注释】

①壑：山谷。

②树杪：树梢。

③汉女：指嘉陵江边的女子。嘉陵江古称西汉水。橦布：用树花织的布。

④文翁：汉景帝时蜀郡太守。文翁见蜀地僻陋，有蛮夷风，便兴办学校，倡导教化，使蜀人大为开化。

【译诗】

千峰万壑古树参天，杜鹃鸣啼山野传遍。一夜风雨透山林，百道飞泉如挂树梢间。汉家女织橦花布，纳税交官府。巴蜀人争芋田种，常引起诉讼。昔日文翁兴教化，巴蜀气象新。今当更努力，莫要依赖先贤不进取。

【赏析】

这首诗是作者为送李使君入蜀赴任而作。

诗人运用想象，描绘了友人为官的梓州山林的壮丽景色，明快如画。又描绘了当地的风俗和民情，勉励友人在梓州创造业绩，超过先贤。

诗人能选取最能表现蜀地特色的景物，运用夸张手法加以描写，气象壮观开阔。

全诗无一般送别诗的感伤气氛，情调开朗，鼓舞人心。

汉江临泛①

楚塞三湘接，荆门九派通。

江流天地外，山色有无中。

郡邑浮前浦②，波澜动远空。

襄阳好风日，留醉与山翁。

【注释】

①汉江：即汉水。临泛：临水泛舟。一作"临眺"，临流远望。

②郡邑：指江两岸的城镇。

【译诗】

三湘紧紧相连，伸向楚国边塞。汉江流入荆门，汇通长江九派。江水滚滚，奔流天地外。青山延绵，水雾中时隐时现。波涛汹涌水势涨，城郭仿佛飘江上。大浪翻滚拍两岸，远空好似在摇晃。襄阳风光这样美，愿与山翁留此地，长醉不复归。

【赏析】

《汉江临泛》是开元末期王维为殿中侍御史，至襄阳时所作。诗人以雄浑之笔，从大处落墨，描写登高远眺，极目所见的山川景色。诗中把汉江和汉江两岸的景物描绘得飞动壮阔，奔放雄伟。全诗色彩明丽，是王维"诗中有画"又一代表作。

终南别业①

中岁颇好道，晚家南山陲。

兴来每独往，胜事空自知[2]。

行到水穷处，坐看云起时。

偶然值林叟[3]，谈笑无还期。

【注释】

①终南：即终南山。别业：别墅。

②胜事：快意的事。

③值：遇见。

【译诗】

中年我已存好道心，晚年迁家到南山底。兴致一来我必独漫游，快意佳趣只有我自知。闲情漫步到水尽头，坐下仰望白云飘浮。偶与林中老叟相遇，谈笑不停忘了归期。

【赏析】

这首诗把退隐后自得其乐、优哉游哉的闲适生活情趣，写得有声有色，维妙维肖。兴致来了就独自信步漫游，走到水的尽头就坐看行云的变幻，这生动地刻画了一位隐居者的形象，如见其人。同山间老人谈谈笑笑，把回家的时间也忘了，这是作者捕捉到了这一典型环境中的典型事例，突出地表现了退隐者豁达的性格。诗语平白如话，却极具功力，诗味、理趣二者兼备。

孟浩然

临洞庭上张丞相

八月湖水平，涵虚混太清^①。

气蒸云梦泽^②，波撼岳阳城。

欲济无舟楫，端居耻圣明。

坐观垂钓者，徒有羡鱼情^③。

【注释】

①虚：空。太清：天空。

②云梦泽：云泽、梦泽，古代大泽，地处两湖交界地区，今该地区遍布的湖沼，据说为其遗迹。

③语出《淮南子·说林训》："临河而羡鱼，不若归家织网。"

【译诗】

八月洞庭涨秋水，湖波浩荡与岸齐。水气弥满充塞虚空，湖天相连混然一体。气雾蒸腾笼罩云梦泽，浪涛翻滚摇动岳阳城。想渡大湖又没有舟揖，闲居无事愧对盛世贤君。坐下观看垂钓者，怅惘空怀羡慕情。

【赏析】

  这首诗是歌咏洞庭湖景色的名篇。前两联着力描绘洞庭湖汪洋浩荡，一望无际，气蒸荆楚，波振岳阳的壮观，气势雄伟，形象鲜明飞动，表现了诗人广阔的胸襟。后两联由眼前景物的触发转向抒情。诗人面对浩淼无垠的湖水，想到自己功名未遂，空有出仕的愿望，无人引荐，就好像欲渡洞庭而无舟船一样，希望张九龄援引，委婉含蓄地表达了求官的意愿和求荐的心情。沈德潜《唐诗别裁》对此诗有评："起法高浑，三四浑阔，足与题称。读此诗知襄阳非甘于隐遁者。"

与诸子登岘山①

人事有代谢，往来成古今。

江山留胜迹，我辈复登临。

水落鱼梁浅，天寒梦泽②深。

羊公碑尚在，读罢泪沾襟。

【注释】

  ①诸子：众友人。子，古代男子的尊称。岘山：又

名岘首山，在今湖北襄阳县南。

②梦泽：古代大泽，与云泽并称"云梦"，地处两湖交界地区。

【译诗】

人事变换，新旧常交替，春去秋来，往复延古今。江山依旧，长留胜景古迹。前人故去，我辈又登临。天干水落，鱼梁露浅滩，天寒地冻，梦泽更深邃。羊公碑依然矗立在山间，读罢碑文不由泪湿襟前。

【赏析】

这首诗记叙作者登岘山事，作者借凭吊羊祜抒发自己的郁积和愤慨。作者求仕不遇，心情苦闷，他登上岘山，想到羊祜当年的心境，想起羊祜说过的"登此山者多矣，皆烟灭无闻"的话，联想到自己的处境，空怀抱负，无处施展，落魄终生，功业未就，"烟灭无闻"正是对自己遭遇的写照，触景生情，倍感悲伤，不禁潸然下泪。全诗借古抒怀，感情深沉。

宴梅道士山房

林卧愁春尽，搴帷览物华。

忽逢青鸟使①，邀入赤松家。

金灶初开火，仙桃正发花。

童颜若可驻，何惜醉流霞②！

【注释】

①青鸟使：神话传说中为西王母传信的神鸟，后遂以为信使的代称。

②醉流霞：《论衡》载，项曼斯好道术，离乡三年而返，对人说：曾有几位仙人领他上天，在距月亮数里处停下，月亮旁边十分凄寒。饿了，仙人就以流霞一杯给他喝，数月不饥。

【译诗】

高卧在山林，心忧春意尽。揭帘远望去，依然见美景。忽与青鸟遇，送来仙人信。殷情相邀约，来到赤松家。房里炼丹炉，刚刚点燃火。屋外仙桃花，盛开艳灼灼。仙酒多神奇，容颜不会老。醉饮流霞酒，我岂会吝惜。

【赏析】

这首诗吟咏道士山房中的景物，含有向道之意。诗的前半部分写作者在赏览春景时，忽然被邀到梅道士家。诗的后半部分热情赞叹梅道士的生涯。诗中用仙家典故和道家术语，笔调诙谐浪漫，虽为一般应酬之作，但语出自然，妙句天成。

岁暮归南山

北阙^①休上书，南山归敝庐。

不才明主弃，多病故人疏。

白发催年老，青阳^②逼岁除。

永怀愁不寐，松月夜窗虚。

【注释】

①北阙：古代宫殿北边的门楼，是臣子等候朝见或上书奏事之处。后用为朝廷的别称。

②青阳：春天。

【译诗】

不必前往帝宫，再去逞上奏书。返归终南山，我那破旧的茅屋。没有才能，君主弃我不用。多染病痛，朋友与我离疏。白发如霜催人老，新春一到旧岁必除掉。长忧短愁总不息，夜深人静更难眠。月夜松林透清光，洒进窗户添空寂。

【赏析】

本诗作于开元十七年（729）。孟浩然开元十六年赴长安，次年应举落第，还襄阳。孟浩然四十岁入京，想在政治上有所作为，但却事与愿违。这首诗写出了作者的感伤、愁闷、寂寞。有关这首诗还有一个故事：当时孟浩然曾在王维内署做客，恰遇明皇前来，孟匿床下，王以实情相告，明皇命孟出来，并问新作。"孟浩然诵'北阙休上书，南山归敝庐。不才明主弃，多病故人疏。'明皇曰'卿不求仕，朕未尝弃卿，奈何诬我？'因放归襄阳。"

过故人庄

故人具鸡黍，邀我至田家。

绿树村边合，青山郭外斜。

开轩面场圃①，把酒话桑麻。

待到重阳日，还来就菊花②。

【注释】

①轩：窗。场：打谷场。圃：菜园。

②就菊花：赏菊。就，靠近。

【译诗】

老朋友预备丰盛的饭菜，邀请我来到了好

客的农家。翠绿的树林围绕村落，苍青的山峦城外
横卧。推开窗户，面对谷场菜圃；手举酒杯，闲谈采桑
种麻。待到九九重阳节，请君再来赏菊花。

【赏析】

这首诗是作者隐居鹿门山时到一位山村友人家做客
后所写。首联从应邀写起，以"田家"点明地点。三、
四句是描写山村风光的名句，绿树环绕，青山横斜，犹
如一幅清淡的水墨画。五、六句写山村生活情趣。面对
场院菜圃，把酒谈论庄稼，亲切自然，富有生活气息。
结尾二句以重阳节还来相聚写出友情之深，意余言外。
全诗描绘了美丽的山村风光和平静的田园生活气氛，语言朴实清新，意境鲜明，富有浓厚的生活气息，从而成为有唐田园诗中之佳作。

秦中寄远上人①

一丘常欲卧，三径苦无资。

北土非吾愿，东林怀我师。

黄金燃桂②尽，壮志逐年衰。

日夕凉风至，闻蝉但益悲。

【注释】

①秦中：指长安。远上人："上人"是对和尚的敬称，"远"是法号。

②燃桂：烧柴贵如桂。《战国策·楚策》："楚国之食贵于玉，薪贵于桂。"

【译诗】

我常想归隐山林，苦于无钱建有园。出仕西秦，并非我的心愿。东林寺里，有我仰慕的高僧。黄金用尽，我日陷窘困。雄心壮志，一年年衰减。日落天昏暗，凉风阵阵吹来。听寒蝉啼鸣，使我更觉悲哀。

【赏析】

这首诗一说为崔国辅所作。抒写自己欲隐无地，欲仕非愿的窘境。诗人本有"一丘常欲卧",即希望隐居之愿,但"三径苦无资",即苦于无线维持隐居生活。北入长安求仕并非他所愿意做的,实有经济上困窘的原因,他是很怀想东晋高僧慧远在庐山的生活的。诗中也多次提到他意欲出仕,是因为亲老家贫。在长安逗留的日子里,物价昂贵,盘缠将尽;原先的壮志因为这次碰壁、随着年岁的增长而衰减。因此傍晚时分听到暮蝉哀鸣时,心里就怆然增悲。诗末的这二语增强了全诗的悲愤气氛。因为是写寄给出家人的诗,浩然此诗中的第四句一语双关,既怀想慧远,也代指怀想远上人,贴切巧妙。

宿桐庐江寄广陵旧游

山暝听猿愁,沧江急夜流。

风鸣两岸叶,月照一孤舟。

建德非吾土,维扬①忆旧游。

还将两行泪,遥寄海西头②。

【注释】

①维扬:即扬州。

②海西头:指扬州。隋炀帝《泛龙舟》:"借问扬州

在何处？淮南江北海西头。"

【译诗】

深山幽暗猿哀啼，悲戚凄厉令人愁。夜来沧江水更寒，波涌浪急向东流，冷风嗖嗖鸣江岸，木叶潇潇随风掉。明月清光洒江水，照着孤舟独飘摇。建德不是我故乡，常念扬州旧时友。愿将两行相思泪，随江遥寄海西头。

【赏析】

这首诗是作者离开长安东游时，途中寄给旧友的。前四句描绘了一幅月夜行舟的凄清画面：山暝猿啼，江流滔滔，树叶潇潇，极写景色的寥落凄寂，也正是作者凄凄惶惶的心情的反映。后四句借景生情，怀念友人，情景融合得很自然。月夜宿孤舟，心中愁闷，自然对友人深切怀念，因而热泪横流。全诗情景交融，益加突出作者对旧友的思念和失意后的愤激孤苦。

留别王维

寂寂竟何待？朝朝空自归。

欲寻芳草①去，惜与故人违。

当路谁相假^②？知音世所稀。

只应守寂寞，还掩故园扉。

【注释】

①寻芳草：意谓归隐。

②当路：担任重要官职。假：依靠。

【译诗】

客居求仕，这样地无聊，这样地寂寞，我还要等待什么？天天白忙，一无所获。空手回到孤寂的寓所。本想归隐山林，寻找佳境，又因与故友离别，深感惋惜。居高位者，请能宽待我？世上知音，稀若晨星。我还是独守清冷寂寞，回到故园，紧闭门户。

【赏析】

此诗是孟浩然将离长安、赠别王维之作。孟浩然这次入长安无功而返，诗人心中是很惆怅的。"不才明主弃，多病故人疏"是一时的牢骚，他与王维还是很投合的。诗中"寂寂竟何待，朝朝空自归"是不遇的叹息。孟浩然要回故乡隐居，但可惜要与王维分别了，他是视王维为知音的。朝廷中没有人帮助，求仕无望，浩然只能归去故乡，寂寞地度过余生了。

诗里有对朝廷压抑人才的怨愤，有不忍远别知心朋友的留恋，还有怀才不遇的嗟叹。

早寒有怀

木落雁南渡，北风江上寒。
我家襄水曲①，遥隔楚云端。
乡泪客中尽，孤帆天际看。
迷津欲有问②，平海夕漫漫。

【注释】

①襄水：汉水流经襄阳境内的别称。曲：河水弯曲的地方。

②典出《论语·微子》："长沮、桀溺耦而耕。孔子过之，使子路问津焉。"

【译诗】

木叶飘落，大雁往南飞，北风呼啸，江水彻骨寒。我的家乡，在那襄水湾，远隔此地，犹在楚天云端。思乡的泪水，在客游中流尽。家人也在遥望，天边的孤帆。迷茫中想寻问，我的出路在何方？日落黄昏看不清，齐岸的江水浩漫漫。

【赏析】

此诗也是孟浩然漫游途中所作。"木落雁南渡，北风江上寒"两句本鲍照"木落江渡寒",树叶飘零,北雁南飞,江上早寒,一片落寞秋景。诗人在异乡遥望故乡,深深地眷念襄阳、襄水,但故乡可望而不可即,只能垂下思乡之泪、遥看天际孤帆。这一种飘零之感只有羁旅中人才能深切地体会到。诗人身在异乡,迷于津渡,眼前只见江面无边无际的波涛。此诗的末二句既实写当时情形,又隐喻诗人自己仕途失意的悲慨。

这首诗透露出来的仍然是孟浩然长安碰壁之后的牢骚和惘然,思乡之情和写景之句浑然一体,深沉蕴藉。

刘长卿

刘长卿(709~780),字文房,河间(在今河北省)人,玄宗开元二十一年(732)进士,曾任监察御史等官。因被诬陷,贬潘州南巴尉,迁睦州司马,后来死于随州刺史任上。

他身历开元、天宝期间,享名于中唐诗坛,以"五言长城"自负。他的诗存四百余首,主要是抒写个人不遇的苦闷,以及闲适的心情、贬谪的哀怨、羁旅的愁怀等。对于自己所经历的安史之乱,却反映极少。在艺术形式上，长于声律，工于雕句炼字，风格与大历诗风相近。有《刘随州集》。

秋日登吴公台上寺远眺

寺即陈将吴明彻战场

古台摇落后，秋入望乡心。

野寺来人少，云峰隔水深。

夕阳依旧垒，寒磬满空林。

惆怅南朝①事，长江独至今。

【注释】

①南朝：我国南北朝时期，据有江南地区的宋、齐、梁、陈四朝的总称。

【译诗】

草木凋零树叶落，我独自登上吴公台。秋境萧疏令人悲，思乡愁绪涌上心头。荒野古寺来人少，云峰阻隔流水深。夕阳缓缓下沉，依傍着旧时壁垒。寒磬声声传响，在空寂的山林中回荡。南朝往事已化为陈迹，登临怀古我心中惆怅。唯有浩浩荡荡的长江，日夜奔流不停息。

【赏析】

　　在一个秋风萧瑟的日子里，诗人登上南朝旧迹吴公台。台上的寺庙已经荒凉，人踪稀少；远望山峦，皆在云罩雾缭之中。傍晚的太阳沿着旧日的堡垒缓缓下落，寺院中传出的钟磬之声慢慢向空林中弥散。秋风四起，这种磬之声也似带有一种寒意。南朝故迹尚存，人去台空，只有长江之水，在秋日的夕阳中独自流淌。这是一首咏怀古迹的诗。第二联一写近景，一写远景，第三联以夕阳衬旧垒，以寒磬衬空林，旧日辉煌的场所如今是衰草寒烟，十分凄凉。全诗将凭吊古迹和写景、思乡融成一片，对古代兴废的咏叹苍凉深邃。

送李中丞归汉阳别业①

流落征南将，曾驱十万师。

罢归无旧业，老去恋明时。

独立三边②静，轻生一剑知。

茫茫江汉上，日暮欲何之？

【注释】

　　①别业：别墅。

②三边：泛指边疆。

【译诗】

四处流落的征南将，你曾统

领十万雄师。罢职归来产业全无，到老还留恋如今的盛世。你独立迎战，威镇边疆。你出生入死，只有随身的宝剑知。在这茫茫的江水上，日落后你将去何方？

【赏析】

这是一首送别诗。诗以深挚的感情颂扬了将军的英雄气概、忠勇精神和所建的功绩，对老将晚年罢归流落的遭遇表示了无限的同情。诗的前六句，都是刻画老将的形象的，用语雄奇，如"曾驱十万师"，"独立三边静"，老将的神威形象就表现得非常突出有力。"轻生一剑知"则是表现老将如何舍身为国，英勇奋战。结尾一联，寓情入景，以景结情，含蓄地表现老将日暮途穷的不幸遭际，情调悲怆，感人至深。

饯别王十一南游

望君烟水阔，挥手泪沾巾。

飞鸟没何处？青山空向人。

长江一帆远，落日五湖①春。

谁见汀洲上，相思愁白蘋②！

【注释】

①五湖：太湖及附近四湖。

②白蘋：蘋，多年生草本植物，生浅水中，夏秋开小白花，故称"白蘋。"

【译诗】

我遥望着你的小舟，在浩渺的水烟上漂浮。挥手向你告别，手巾已被泪水湿透，你像云中高飞的小鸟，我已望不见你的踪影。面对寥寂的青山，我枉然一片痴情，浩浩荡荡的长江，载着你的帆船远去。到那落日辉映的五湖，你可饱赏春日的美景。又有谁能看见，我孤孤单单伫立小洲上、眼望开着小花的白蘋，心中充满相思的惆怅。

【赏析】

这首送别诗，着意写与友人离别时的情景。友人已乘舟向烟水迷濛的远方驶去，但诗人还在向他洒泪挥手送别。渐渐地，见不着友人的旅舟了，江面上鸟在飞着，不知它们要飞往何处；远处只有青山默默地对着诗人。朋友乘坐的船儿沿长江向远处去了，诗人在斜阳里伫立，想象着友人即将游五湖的情景。就这样离别了，谁知道诗人对朋友的相思悠悠呢？诗人调动了眼前所见之物，为送别增悲，"一切景语皆情语"，诗人借助眼前景物，通过遥望和凝思，来表达离愁别绪，手法新颖，不落俗套。

寻南溪常道士

一路经行处，莓苔见屐痕①。
白云依静渚，芳草闭闲门。
过雨看松色，随山到水源。
溪花与禅意②，相对亦忘言。

【注释】

①莓苔：青苔。屐：一种带齿的木底鞋。

②与：给予。禅意：佛教语，指清静寂定的心。

【译诗】

我寻他一路走去，莓苔中现出足迹。白云浮进水中的小洲，芳草遮住了紧闭的屋门。我观看雨后的苍松翠柏，又循山路走到水源头。溪边的花草通禅意，面对你们，你不再需要任何言语。

【赏析】

这首诗写寻访常道士不遇，题目一作《寻南溪常山人山居》。

诗中侧重描绘了常道士居处的清幽优美。中间两联描绘了常道士居处的远景和近景，及自己寻道士不遇后在返回途中一路观赏雨后青翠的松色和溪边的鲜花，景色清新如画。虽然作者是寻访主人不遇，但在这种清幽的环境中诗人却获得了禅理。结句把南溪和禅理与自己联系在一起，隐隐透露了作者悟禅退隐的心情，意境清远。

新年作

乡心新岁切①，天畔独潸然②。

老至居人下，春归在客先。

岭猿同旦暮，江柳共风烟。

已似长沙傅，从今又几年？

【注释】

①切：迫切。

②天畔：天涯。形容居处距故乡之遥远。潸然：形容流泪。

【译诗】

新岁新年，思乡心更切，我独自在天涯，泣流伤心泪。年纪老大，还屈居人下，春又归来，我还不曾回家。山中猿猴，朝夕与我做伴。江边的柳树，与我同领水上的风烟。我就像当年的贾谊，不知还要淹沉多少年。

【赏析】

这首诗约作于建中元年（780）。当时刘长卿被贬为睦州司马已达三年，仍无迁转之望，故有"已似长沙傅，从今又几年"之语。首联由新年思乡写起，表现了每逢佳节倍思亲的感情。二、三联写贬谪后屈辱境遇与凄苦生活，"老至居人下"一句感情沉痛悲愤。"岭猿"一联以岭猿与江柳表现孤寂很有特色，抓住了岭南景物的特点就地取材，情景交融，写得很含蓄。

全诗意深境远，用词精炼。沈德潜《唐诗别裁》谓此诗为"工于铸意，巧不伤雅"。

钱　起

钱起（722～780），字仲文，吴兴（今浙江湖州市）人，天宝十载（751）进士及第，历任校书郎、除考功郎中、翰林学士。他长于五言，擅写景物，是"大历十才子"中年辈较老的，曾与王维、裴迪等人唱和。其诗以体制新奇，理致清淡，受到王维赏识。"十才子"的作品，一般较少写社会动乱和人民生活，多为唱和、应制、吟咏山水、寄情隐逸之作。有《钱仲文集》传世。

送僧归日本

上国随缘住^①，来途若梦行。

浮天沧海远，去世法舟轻。

水月通禅寂^②，鱼龙听梵声。

惟怜一灯影，万里眼中明。

【注释】

①上国：对外哉称中国为上国。

②禅寂：佛家语。佛家以寂灭为宗旨，故谓思虑寂静为禅寂。

【译诗】

你随缘到中国，一路飘摇若在梦里行。小舟远游在沧海，就像飘浮在天际。你端坐法舟里，离开尘世一身轻。水中的月影，通晓寂灭的禅理。海里的鱼龙，倾听你诵经的佛音。我独爱那一盏禅灯，光照万里，使我心亮眼明。

【赏析】

　　这首诗是作者赠送给将回日本国的僧人的。诗前四句，写这位日本僧人"溪天沧海远"来中国。后四句，写他"万里眼中明"回日本。词句清丽，音韵和谐。诗中句句运用佛家术语，为本诗一大特色。

谷口书斋寄杨补阙

　　　　泉壑带茅茨①，云霞生薜帷②。

　　　　竹怜新雨后，山爱夕阳时。

　　　　闲鹭栖常早，秋花落更迟。

　　　　家僮扫萝径，昨与故人期。

【注释】

　　①茅茨：茅草盖的屋顶，指茅屋。

　　②薜帷：薜荔做的帷帐。薜荔，植物名，即木莲。

【译诗】

　　泉水绕着我的茅舍，霞光映照帷幔般的薜荔。新雨过后青竹更苍翠，夕阳晖中山色添秀美。悠闲的白鹭早早栖息，秋日的花朵迟迟不凋谢。家僮扫净满是松萝的

小径，早与故人相约，只等他如期来临。

【赏析】

　　这是一首邀请友人到书斋来聚会的诗。诗的大部分篇幅写了书斋及周围的幽美风景：书斋被围绕在谷口的泉壑之间；云霞从书斋外墙的薜帷间升起。可知书斋的幽静，书斋所处在山中高处。书斋附近，有浓密的竹林，雨后翠竹娟娟可喜；傍晚时，山光绿紫万状，也十分可赏。白鹭因闲着无事，常常很早就栖息了；花在高山中，谢得更迟些。这六句写出了书斋附近的清幽风景。结尾一联则是突出表现诗人的诚意盛情。全诗写景静中有动幽而不寂，体现了钱起"体格新奇，理致清

294

"淡"的诗风。

韦应物

淮上喜会梁州故人

江汉^①曾为客，相逢每醉还。

浮云一别后，流水十年间。

欢笑情如旧，萧疏^②鬓已斑。

何因不归去？淮上有秋山。

【注释】

　①江汉：长江和汉水之间及附近地区。

　②萧疏：稀稀落落。

【译诗】

　　我俩曾一同客居在江汉，每次相逢定要喝酒畅谈，直到酣醉方才回还。自从离别后，你我四处飘游如云浮，转眼逝去十年整，岁月宛如大江流。今日相见，我们执手欢笑，友情依然如故。岁月催人老，我们已两鬓斑白发稀疏。你问我为何不回还？只因贪恋淮上的秋山。

【赏析】

诗人在淮上喜逢故人，而有此作。

"相逢每醉还"，可见交往之深，"欢笑情如旧"则表旧友重逢之喜悦。诗中既回忆当年又描写别后；既描写了久别重逢的欢欣，又抒发了人世沧桑，青春不再的感慨，最后还想到将来的归宿。全诗善于选择典型的人生场景来谋篇，匠心独运，功力深厚。

赋得暮雨送李曹

楚江微雨里，建业暮钟时。

漠漠帆来重，冥冥鸟去迟。

海门①深不见，浦树远含滋。

相送情无限，沾襟比散丝②。

【注释】

①海门：海口，内河入海之处。

②散丝：指细雨。语出晋人张协《杂诗》："密雨如散丝"。

【译诗】

楚江上飘着绵绵细雨，建业城传来阵阵钟声。水气蒙蒙，船帆沉重，暮色冥冥，飞鸟迟行。海门悠遥望不见，远树湿润含水雾，送你离去心不舍，依依惜别，情意无限。清泪沾衣襟，就像飞洒的雨丝，无穷无尽。

【赏析】

这是一首雨中送别友人远行的诗，全诗紧扣暮雨，描写暮雨中的景象，手法妙绝，读后如见一幅薄暮烟雨送客图。近处船帆沾雨沉重，小鸟难飞。远处天色昏冥望不见海门，浦树含烟。描写景物，动静结合，近景与远景互相衬托。末联用一"比"字，将别泪和雨丝融成一体，离别之情和暮雨之景相比拟，恰到好处。作者分题赋诗，能够做到不流于斧凿，写景抒情皆是信手拈来，佳句天成，足见其大家风范。

韩 偓

韩偓（生卒年不详），字君平，南阳（今河南省沁阳县附近）人。天宝十三载（754）进士及第，充节度使幕僚。后官驾部郎中、知制造。为大历十才子之一。韩偓诗多为送行赠别之作，兴致繁富，一篇一咏，在当时颇负盛名。《全唐诗》录其诗三卷。

酬程近秋夜即事见赠

长簟迎风早，空城澹月华。

星河秋一雁，砧杵夜千家。

节候看应晚，心期卧已赊①。

向来吟秀句②，不觉已鸣鸦。

【注释】

①心期：心愿。赊：落空。

②向来：刚才。秀句：指程近的赠诗。

【译诗】

长竹迎着早来的秋风，空城荡漾着清丽的月光。一只鸿雁飞向银河，静夜传来千家捣衣的砧响。春去秋来时令已不早，两心相约互酬唱，我激切不已睡得迟。刚才还在吟诵你的秀丽诗句，不知不觉已经天亮，四处乌鸦正啼。

【赏析】

这是一首酬答友人的诗。友人的诗题作《秋夜即事》，韩翃既以原题奉酬，因此前二联也从秋夜所见写起。作者通过风吹长竹，天高月淡，星河飞雁，千家夜砧等景色描写,生动地描写了秋夜的空旷寂寥,独具特色。第二联"星河秋一雁,砧杵夜千家"为唐诗名句。诗的后二联巧妙地以描写秋夜和诗扣《秋夜即事》题意,写作者酬答吟诗而夜不成眠,说明作者认真的态度和与程近之间友情的深厚。

刘眘虚

　　刘眘虚(生卒年不详),字金乙,新吾(今江西奉新)人。开元十一年(723)进士,曾任崇文馆校书郎,夏县令。喜与山僧道侣交流,流落不偶,年寿不长。刘眘虚与贺知章、仓融、张旭齐名,称"吴中四友"。他也是孟浩然的好友,与王昌龄也有唱和。淡于名利,诗风颇近孟浩然。殷璠《河岳英灵集》称其诗"情幽兴远,思苦词奇,忽有所得,便惊听众。"《全唐诗》录存其诗一卷,共十五首。

阙 题①

道由白云尽,春与青溪长。

时有落花至，远随流水香。

闲门向山路，深柳读书堂。

幽映每白日^②，清辉照衣裳。

【注释】

①阙题：即"缺题"，因题目失落，后人便以"阙题"名之。

②幽映：光照不明。每，虽然。

【译诗】

高远的山路，从白云尽头伸出，清澈的溪水，与春光相伴相随。微风吹佛，花瓣轻轻飘落，落入水中，芳香随小溪一同远流。清寂的屋门，开向悠悠的山路，稠密的柳条，遮掩雅静的读书堂。阳光透进幽深的树林，清晖照着我的衣裳。

【赏析】

这是一幅水墨淡彩的暮春山居图。诗人的"读书堂"在深山之中，在去读书堂的路上，白云缭绕，仿佛封住去路，路旁的青溪很长，水源很远，而流水所至，落花的香色也一同到来，因此，这是一条"春"和"溪"一路作伴的山路。诗人的读书堂门前清静，柳树掩映，白天人坐读书堂中，太阳透过柳荫照在衣裳上，春暖花开的季节真是让人心旷神怡、几乎要物我两忘了。白云悠悠，青溪长流，落花随水飘香，白日清辉映照，诗的特色在于以境界取胜。

戴叔伦

戴叔伦（732～789），字幼公，润州金坛（今江苏金坛县）人。贞元十六年进士，曾任江西抚州刺史，升容管经略使，史称"其治清明仁恕，多方略"，政绩为人推重。晚年自请为道士。

他的诗多写农村生活，反映了社会离乱和人民的痛苦。但代表其诗风的则是写景抒情之作。他主张"诗家之景，如蓝田日暖，良生玉烟，可望而不可置于眉睫之前"，故其诗以委婉清丽见长。《全唐诗》录其诗二卷。

江乡故人偶集客舍

天秋月又满，城阙夜千重。

还作江南会，翻①疑梦里逢。

风枝惊暗鹊，露草泣寒虫。

羁旅②长堪醉，相留畏晓钟。

【注释】

①翻：反而。

②羁旅：寄居他乡。

【译诗】

秋夜又迎来一个满月，城楼沉浸在浓浓的夜中。我们不期而遇，相聚在江南，却令人怀疑，重逢在梦里。风吹树枝摇，惊飞栖息的小鸟。秋草霜露重，覆盖泣啼的寒虫。羁旅之人好喝酒，酒醉方能解乡愁。今夜留你开怀畅饮，真怕听到报晓的钟鸣。

【赏析】

此诗又题《客夜与故人偶集》，诗人描写了和同乡偶然聚会的情景。首二联在叙事中表现乱世相逢悲喜交集的复杂情绪与迷惘恍惚的典型心态。三联写秋夜景色，表现客居他乡生活的凄凉。尾联写欢聚对饮，长夜叙谈，并以畏怕分离时间到来作结，深刻表现对同乡聚会的珍惜和友情的深厚。全诗叙事写景，传达出作者身世漂泊之感叹，并抒发与友人眷恋之情，真切感人。

卢 纶

　　卢纶（748～800），字允言，河中蒲（今山西省永济县）人。早年避安史之乱，安居鄱阳。大历初，屡举进士不第。曾为河中元帅府判官，迁检校户部郎中。

　　卢纶是"大历十才子"之一，诗以送别酬答为多，也工于写景。由于遭逢乱世，其诗多忧伤之情。但是像《塞下曲》等苍老的小诗和《腊日观咸宁王部曲娑勒擒虎歌》雄放的长篇，是其他大历才子的作品里所少有的。有《卢户部诗集》传世。《全唐诗》录存其诗五卷。

送李端

故关①衰草遍，离别正堪悲。

路出寒云外，人归暮雪时。

少孤②为客早，多难识君迟。

掩泣空相向，风尘何所期？

【注释】

①故关：古老的关隘。

②少孤：幼年失父。

【译诗】

故乡的路口，遍地是枯草，与你离别，我强忍伤悲。你上路远去，隐没寒云外，我独自归来，日落雪飞舞。我少小守孤苦，早离家乡四处飘游，时世多艰难，可惜与你相识太晚。望着你远去的方向，我怅然掩面泪流淌。世道纷乱风尘扰，重逢相聚又盼何日。

【赏析】

这首诗抒写乱离中的离别之情。前两联写诗人在故乡衰草遍地的严冬送别友人，友人从高山寒云的小路离去，自己在日暮飞雪时归来。后两联记叙与友人离别之后，诗人在孤独寂寞中感叹自己少年孤苦漂零，与友人相识太晚，今番一别，深感在这时世纷乱中与友人后会难期。故关衰草，寒云暮雪，阴郁笼罩，这些描写把作者与友人的离别之情衬得凄凄悲悲。全诗辞情并茂，哀惋感人。

李 益

李益（748～827），字君虞，陇西姑臧（今甘肃省武威县）人。大历四年（769）进士，授郑县尉，弃职游燕、赵间。后曾相继入朔方节度使、邠宁节度使和幽州节度使幕僚。唐宪宗闻其诗名，自河北召还，为都官郎中，迁中书舍人。官终礼部尚书。

李益是大历诗坛颇负盛名的一位诗人。他曾五次担任节度使幕僚，熟悉当时边地军戎苦寒的斗争生活，写下了不少优秀的边塞诗，成为中唐时期描写边塞军旅生活的杰出诗人。在诗歌形式上，以七言绝句见长。他的不少绝句在当时即被谱入乐府，广泛传唱。有《李君虞诗集》传世。

喜见外弟又言别^①

十年离乱后，长大一相逢。

问姓惊初见，称名忆旧容。

别来沧海^②事，语罢暮天钟。

明日巴陵道，秋山又几重。

【注释】

①外弟：表弟。

②沧海：即"沧海桑田"，比喻世事变化巨大。

【译诗】

战乱纷纷，一去十年整。离别时我们还年少，今相逢却已长大成人。询问你的姓氏，好像初识的朋友，道出你的名字，才回忆起旧日的面容。千言万语，谈不完别后的变故，不知不觉，已传来寺庙的晚钟。明日你就要踏上巴陵道，重重的秋山，又将我们隔断。

【赏析】

这首诗抒发人生聚散离合无定的感慨，从一个侧面反映了战乱年代人们的悲辛。诗人经过十年离乱，与亲朋意外相逢，悲喜交集，人间沧桑谈论不尽，离情别意倾吐不完，但一想到天明后又要分别而天各一方，喜悦中又涌上了伤别的愁绪。全诗语言精炼，描写概括，具有很强的艺术感染力。

司空曙

司空曙（生卒年不详），字文明，广平（今河北省永年县）人，曾为剑南节度使韦皋幕僚，历任洛阳主簿、长林县丞、左拾遗、水部郎中、虞部郎中。

在当时士大夫当中，他为人耿直，不干谒权贵，曾遭到贬谪。和李端、卢纶、卫象等人以诗酬答，是"大历十才子"之一。他的诗多写身世羁旅、悲欢离合和寄兴山林等，也写一些农民和农村风貌的诗篇，语言质朴真切，在大历诗坛上另具一格。现存诗七十余首，《全唐诗》编为二卷。

云阳馆与韩绅宿别

故人江海别，几度①隔山川。

乍见翻②疑梦，相悲各问年。

孤灯寒照雨，深竹暗浮烟。

更有明朝恨，离杯惜共传。

【注释】

　　①几度：几年。

　　②翻：反而。

【译诗】

　　与你江海一别，远隔千山万水，一去多少年月。今日意外相见，反倒疑是在梦里面。相对悲叹，互问各自庚年。孤灯照冷雨，竹林幽深烟雾起。明日将分手，离别更难受。我们共举杯，痛饮这惜别酒。

【赏析】

　　这首诗和前一首一样也是写动荡岁月中故友重逢的喜悲。

　　诗人与朋友江海一别，现在好不容易才见面。多年不见，忽然重逢，不以为真，反以为梦；人事沧桑，匆匆过去了许多年，都记不得彼此的年龄了，所以在悲叹中互相询问。孤灯照寒雨，竹林起烟雾，老友重逢，有说不完的话。明日又要分手了，几多惆怅，几多悲伤，只好举杯共饮这离别之酒了。全诗情调低沉，"乍见翻疑梦，相悲各问年"为诗中佳句。

喜外弟卢纶见宿

静夜四无邻，荒居旧业贫①。

雨中黄叶树，灯下白头人。

以我独沉②久，愧君相见频。

平生自有分，况是蔡家亲！

【注释】

　　①荒居：荒僻的住处。旧业：旧有的家产。

②独沉：寂寞、沉伦。

【译诗】

夜来静悄悄，我独居无四邻。家住荒郊外，产业衰败家道贫。雨中望秋树，黄叶落纷纷。孤灯微光昏，照我白头人。我已久沉沦，独自守寂寞。烦劳常来探望，愧对你的殷勤。我们素来有情谊，何况是表亲。

【赏析】

这首诗是作者因表弟卢纶到家探望有感而作。前二联是写作者悲凉的境遇：年老独居荒野，近无四邻，孤苦无依，生活清贫。"雨中黄叶树，灯下白头人"一联写景抒情其景感人，其情可悯，把一位穷愁潦倒的白头老人的形象刻画得很丰满。后二联写对表弟到来的感激，这是写"喜"，但喜中仍有悲。喜者是因为自己被贬沉沦，亲人还来探望，自然喜出望外；但自己的处境不佳，又感到对不起亲人，所以仍感辛酸惭愧。全诗语言朴实，语调低沉，悲切，真切感人。

贼平后送人北归

世乱同南去，时清独北还。

他乡生白发，旧国①见青山。

晓月过残垒，繁星宿故关②。

寒禽与衰草，处处伴愁颜。

【注释】

①时清：时世太平。指战乱平息。

②故关：古老的关隘。

【译诗】

乱世之中，我们一同南去，时局安定，你就要北归。飘流他乡，心忧早生白发，回到故地，青山依旧如昔。晓月初照，你正走过残垒，繁星当空，你已留宿故乡山中。寒禽哀鸣，衰草凄凄，一路伴随，你憔悴的愁颜。

【赏析】

安史之乱持续八年，致使百姓流离失所。这首诗是安史之乱结束不久时的作品。战乱刚平，诗人送友人北归。诗人回忆安史乱起时他与友人一起逃往南方，乱平后友人一人北归。在这长长的岁月里，大家都在辗转他乡的过程中头生白发，现在朋友一人回故乡去。战后故乡当残破不堪，恐怕只有青山依旧了。诗的后半部分想象友人回归故里途中一路上早行晚归，见到的故乡只能是寒禽衰草。诗人写出了惜别友人之情，也写出了诗人独留他乡的愁绪，并曲折地表达了对故国残破的悲痛。

刘禹锡

刘禹锡（772～842），字梦得，洛阳人，祖籍中山（今河北定县）。

唐德宗时中进士，作过监察御史，屯田员外郎。因积极主张王叔文进行政治改革，被贬为朗州（今湖南常德）司马，十年后改为连州（今广东连县）刺史。穆宗以后，调任夔州（今四川奉节县境）、和州（今安徽和

县）、苏州等州刺史。晚年回长安任集贤殿学士，后回洛阳任太子宾客，最后官至检校礼部尚书。他为人正直，有骨气，虽然长期被贬，也不放弃自己的理想，改变政治态度。

刘禹锡是唐代杰出的诗人。在诗歌创作方面，由于在贬谪生活中比较接近人民，喜爱民间歌谣，从中吸收营养，产生了许多有独特风格的优秀诗篇。他的《竹枝词》、《杨柳枝词》、《浪淘沙》等诗，语言生动，风格清新，有浓厚的生活气息。他的政治讽刺诗，观点鲜明，风格刚健爽朗，讽刺辛辣有力。

他还写了一些抒情咏物的小诗，不论是写登临怀古或感慨身世，都有自己的特色。

他的好友白居易、柳宗元，对他的诗歌造诣都很佩服，评价很高。有《刘宾客集》传世。

蜀先主庙

天地英雄气①，千秋尚凛然。

势分三足鼎，业复五铢钱。

得相能开国，生儿不象贤。

凄凉蜀故伎②，来舞魏宫前。

【注释】

①英雄气：据《蜀志·先主传》载，曹操曾对刘备说："今天下英雄，惟使君与操耳。"

②伎：古代女歌舞艺人。

【译诗】

先主的英雄气，充塞天地贯山河；千秋长存，后人崇敬。相当年，三分天下，势成鼎足，汉室复兴，建立大业。求得贤相诸葛亮，把蜀汉国邦开创。生下儿郎无贤才，未能酬先王壮志。蜀国故妓歌舞魏宫前，后主坐观嘻笑无愧颜，只可叹，国家沦丧实在凄凉。

【赏析】

这是作者经过蜀先主（刘备）庙吊古的诗。庙在夔州，作者时任夔州刺史。

诗人对刘备是很敬仰的。认为刘备的这种英雄气慨，千载之后还能令人肃然起敬。诗的第二联概括刘备一生的事业：刘备建立蜀汉，与吴、魏三分天下。成"鼎足"之势。刘备自称是汉中山靖王之后，要兴复汉室。"五铢钱"是汉武帝以来的钱币，王莽篡汉后，废止不用。这里用"复五铢钱"代指兴复汉室大业。诗的第五句说刘备得到丞相诸葛亮的辅佐，所以能开建蜀国；第六句叹惜后主刘禅不能守父业。末两句感汉后主亡国。首联气势不凡，末联感慨深沉，是一首出色的吊古诗。

张 籍

张籍（768～830），字文昌，原籍吴郡（今江苏省苏州市），本人在和州乌江（今安徽省和县乌江镇）长大。

贞元十五年考取进士后，他做了几任闲散的小官，然后靠韩愈的帮助，升调国子博士。后又改任水部员外郎、国子司业等。

张籍和韩愈是好友。他们的思想有接近的地方，如赞成排斥佛老，主张文艺改革等，当时人称为"韩张"。

张籍刻意写作古风和乐府，与王建齐名。他还和当时的诗人白居易、元稹等友谊颇深，是新乐府运动的积极参加者。他喜欢吸收当时的口语入诗，语言平易流畅，但偶有尖新生硬的词语。宋人王安石《题张司业诗》说："看似寻常最奇崛，成如容易却艰辛。"这是颇有见地的。有《张司业集》传世。

没蕃故人

前年戍月支^①，城下没全师^②。

蕃汉断消息，死生长别离。

无人收废帐，归马识残旗。

欲祭疑君在，天涯哭此时。

【注释】

①月支：一作"月氏"。

②没全师：全军覆没。

【译诗】

前年你出征月支，全师覆没，城池破。吐蕃汉地消息已断绝，你与我作生死长离别。战场上，一片荒凉，无人收废弃的营帐。幸存的战马往回逃，还认得残破的旗子。想祭奠你的亡灵，心期望你仍健在。生死难知，令人怅惘，遥望天边，我痛哭断肠。

【赏析】

这首诗是作者为怀念一位生死不明的友人而写的。在这次战斗中，唐军全师覆灭，友人是生是死，由于消息断绝，无法肯定。

他深深想念这位朋友，料想其已死，想奠祭；但又存一线希望，希望友人还活着。巨大的悲恸在这无望的希望中体现出来，所以说"天涯哭此时"。全诗语真而情苦，"无人收废帐，归马识残旗"一句描写战场也很形象。

白居易

赋得古原草送别①

离离原上草②，一岁一枯荣。

野火烧不尽，春风吹又生。

远芳侵古道③，晴翠接荒城。

又送王孙去，萋萋满别情。

【注释】

①赋得：唐科举考试以限定成语为诗题，例如"赋得"二字。白诗为习作，仿此。

②离离：草木繁茂貌。

③远芳：远处的芳草。

【译诗】

原野上青草郁郁葱葱，鲜活又茂盛。年年岁岁，枯萎了复又苍翠，野火再猛，也烧不尽。春风一吹，青草复生。遥远的古道，弥漫着芳草的馨香，阳光照耀下，一遍碧绿连荒城。又送友人，踏上古道。满怀离情，眼望着萋萋的芳草。

318

【赏析】

这是作者少年时代的作品，也是当时传诵的名篇。诗人描绘了不被人注意的野草，把咏物和言志结合起来，赞美野草顽强的生命力，抒发年少气壮之豪情。"野火烧不尽，春风吹又生"一联，描写春草之生命力，富有哲理，为千古传诵之名句。全诗用比兴手法，表达送别友人之情怀，风格道劲古朴。《旧唐书·白居易传》有记载，白居易青年时曾携此诗往谒长安名诗人顾况，顾睹姓名，熟视居易曰："长安百物贵，居大不易。"及读此诗，乃改口曰："有句如此，居亦何难。"因为之延誉，声名大振。

杜 牧

杜牧（803～852），唐诗人。字牧之，京兆万年（今陕西西安）人。与李商隐齐名，人称"小李杜"。诗多"伤春伤别"及纪游之作，俊爽清丽。亦有一些揭露时弊的作品。又注《孙子兵法》，见济世之志。

有《樊川文集》。

旅　宿

旅馆无良伴，凝情自悄然①。

寒灯思旧事，断雁警愁眠②。

远梦归侵晓，家书到隔年。

沧江好烟月，门系钓鱼船③。

【注释】

①凝情：凝神沉思。悄然：忧伤的样子。

②断雁：孤雁。警：惊醒。

③沧江：泛指江。

【译诗】

旅馆里，没有知心同伴，我独自静思，心中怅然。面对着寒灯一盏，默追忆，旧事往昔。那孤雁哀表的叫声，惊醒我愁绕的梦魂。故乡之途甚遥远，梦到拂晓才得归。亲人的书信更难盼，要等来年，才收到。故乡的沧江，月色濛濛，烟雾绕。我家的门前，系着那晚归的钓鱼船。

【赏析】

此诗写在旅馆热切思念家乡的情怀。诗人客居旅馆，无良朋为伴，孤独中为乡愁所苦。"远楚归侵晓，家书到隔年"极言乡关遥远，幽愁满怀。归梦须侵晓才到家，可见离家之远，家书须隔年到馆，可见寄书之迟。表达出对家乡深沉的思念。最后两句似乎跳出了乡愁，艳羡门外沧江鱼船的清闲自在，其实是借他乡之物，更曲折地表达出诗人思乡之情。全诗层层推进，写景抒情都有独到之处。

许　浑

许浑（生卒年不详），字用晦，丹阳（今江苏丹阳县）人。

唐文宗太和进士。历任县令、刺史、监察御史、虞部员外郎。淡于名利，性好林泉。诗作内容多为山林游踪、酬答送别，时露消极退隐情绪。但吊古伤心之作，寓讽深婉，富有社会意义。形式上多为近体，以五、七律为主，韵律工整，音节清亮。有《丁卯集》。

秋日赴阙题潼关驿楼

红叶晚萧萧，长亭酒一瓢。

残云归太华①，疏雨过中条②。

树色随关迥，河声入海遥。

帝乡明日到，犹自梦渔樵。

【注释】

　　①太华：华山。

　　②中条：山名。

【译诗】

晚风吹，红叶萧萧落下，长亭里，饮下别酒一瓢。天上的残云飞回太华山，稀疏的细雨越过中条岭。树色苍莽，随城关远去，河水涛涛流进遥远的海洋。明日里就要抵都城，我仍在做那渔人樵夫梦。

【赏析】

作者赴长安途中，在潼关驿楼休息，作了这首诗。诗人从潼关驿楼所见景象着笔：残云飘向太华，疏雨洒向中条，绿树丛丛随着城关迥转，河水哗哗遥遥汇入大海，展现在读者眼前的是一幅辽阔旷远的山河图。末联写明日就要到达京城了，但诗人自己却是喜欢乡村生活，这其中含蕴着作者茫然的思绪，隐含着愁情。全诗气象壮阔，笔力雄健，中间二联纯从大处下笔，云雨声色，突出表现了关中山岳河流的浩大气势。

早 秋

遥夜泛清瑟①，西风生翠萝。

残萤栖玉露，早雁拂金河。

高树晓还密，远山晴更多。

淮南一叶下^②，自觉洞庭波。

【注释】

①清瑟：清细的瑟声。瑟，拨弦乐器，形似琴，二十五弦。

②一叶下：《淮南子·说山训》："以小明大，见一叶落，而知岁之将暮。"

【译诗】

长夜里传来琴声阵阵，西风起，吹拂翠萝依依。残存的萤虫栖息在沾满白露的草丛。早飞的鸿雁，掠过银河闪烁的天空。曙光初照，高树碧绿枝叶繁茂。晴空万里，远山重重没有尽头。见淮南一片黄叶飘落，我仿佛感到，秋风掀起了洞庭波。

【赏析】

这是首描绘初秋景色的诗。前四句写早秋的夜景，五、六两句写早秋的昼景，在描绘秋景的过程中，诗人注重高低远近，落笔细致而层次井然。"一叶落而知天下秋"，最后两句运用《淮南子》与《楚辞》典故，浑然一气，神气十足，又暗寓身世感叹于其中。

李商隐

蝉

本以高难饱，徒劳恨费声①。

五更疏欲断，一树碧无情。

薄宦梗犹泛，故园芜已平②。

烦君最相警，我亦举家清③。

【注释】

①恨费声：饱含幽怨激愤的频频鸣叫声。

②薄宦：薪俸微薄的官职。梗犹泛：后世常用"梗泛"形容生活漂泊不安。

③君：指蝉。

【译诗】

你生来就栖身高处，餐风饮露，难以饱腹。纵然声声哀诉，也是枉然。可怜你啼鸣到五更，声音嘶哑，似要断绝。大树依旧碧绿昌茂，冷眼旁观，甚是无情。我这小官，微不足道，桃梗一样，四处飘遥。故乡的家园，早已荒芜，光秃秃一片，真凄凉。多谢蝉鸣，来提醒，我也要全家守清贫。

【赏析】

　　这是作者一首著名的咏物诗。诗人通过咏蝉寄寓自己的身世情怀。前二联写蝉，实是物我两忘，写蝉即写作者身世。蝉生来就栖身高处，餐风饮露，难以饱腹，纵然费声鸣叫，也是枉然，这正是作者清高自处，而世情冷漠，无人相知的写照。三联写作者因蝉声引起的感受，抒发自己身为薄宦，飘泊外乡的哀伤。最后则物我合写，以蝉自警，要和蝉一样坚守贞操，甘于清贫。诗以蝉起，以蝉结，章法严密多变，物态刻画精细，抒情细致婉转确是托物寄兴的名作。

风　雨

　　凄凉宝剑篇，羁泊欲穷年①。
　　黄叶仍风雨，青楼自管弦②。
　　新知遭薄俗，旧好隔良缘③。
　　心断新丰酒，销愁又几千④。

【注释】

　　①宝剑篇：唐将郭震作。其主题言人当有所作为，

武则天看后大加赞赏。羁泊：羁旅漂泊。穷年：终生。

②青楼：豪门贵族之楼。管弦：指音乐。

③薄俗：浇薄的风俗。良缘：好机会。

④习断二句：意谓很想借美酒浇愁，哪怕它价钱昂贵。新丰酒，新丰，故址在今陕西临潼县东，产美酒。

【译诗】

昔日有人献（宝剑篇），诗虽凄凉，人受赏。我却终年漂泊，羁旅异乡。我像秋天的黄叶，任随风吹雨打。高楼上奏响管弦，是富人在作乐寻欢。新交的朋友，受鄙俗恶言，恐也难持久。旧日的知己，两地分隔实也难相聚。心绝望，借酒浇愁，哪去寻找新丰美酒？纵然有，不知几千，才能买一斗。

【赏析】

此诗也是商隐自伤怀才不遇，写交游冷落的苦闷之情的。诗人以《宝剑篇》伤不遇，郭震上《宝剑篇》而得武则天赏识，而作者自己虽有才华，却遭际凄凉：到处羁旅漂泊，终年无处可以寄托。自己身世飘零，有如黄叶更加上风吹雨打，而朱门达官却纸醉金迷、寻欢作乐。李商隐身处李牛党争的夹缝中，"新知"、"旧好"们或碰上浇薄的世风，或没有好的机会，各自飘零，致使商隐交游冷落。在无可奈何之中，诗人只好以酒浇愁，即使酒价昂贵，也不惜沽饮几杯了。作者一生是政治斗争的牺牲品，四处漂泊寄寓幕府，穷愁潦倒，全诗喟叹深沉，词哀情苦。

落　花

高阁客竟去，小园花乱飞。

参差连曲陌①，迢递送斜晖。

肠断未忍扫，眼穿仍欲归。

芳心向春尽，所得是沾衣。

【注释】

①曲陌：曲折小径。

【译诗】

高阁里的客人都已离去，小园中的落花随风乱飞。

纷纷扬扬盖满曲折的小径，飘飘洒洒送走斜阳的余辉。
痛惜落花，不忍除扫。两眼望穿，春又要归去。赏花的
心境已随归春散尽。留给我的仅有沾衣的花絮。

【赏析】

　　高楼里的客人都已离去，小园中的落花四处乱飞。
纷纷扬扬盖满曲折的小径，飘飘洒洒送走斜阳的余辉。
两眼望穿，春天要归去，我怎忍心把落花扫清。赏花的
心境已随归春散尽。留给我的仅有沾衣的花絮。这首诗
是作者借咏落花随风飘，春归不可留而抒发自己身世感
慨的。作者当时卷入政治漩涡中，失意落寞，感情低
沉，全诗以伤春起兴，笔调清丽幽怨。

凉　思

　　客去波平槛①，蝉休露满枝。

　　永怀当此节，倚立自移时。

　　北斗兼春远，南陵寓使迟②。

　　天涯占梦数，疑误有新知③。

【注释】

　　①槛：栏杆。蝉休：蝉声停止，指夜深。

　　②北斗：指客所在之地。南陵：今安徽南陵县。指作者怀客之地。寓使：指传书的使者。

　　③占梦：占卜梦境。新知：新的知交。

【译诗】

　　客人离去时，秋水高涨齐栏杆。蝉鸣停息，白露挂满树枝。这时节我长久凝思，凭栏远眺，独又捱过多少时辰。客在高位如北斗，同春光一样远走。我独居在南陵，信使迟迟无音信。可怜我天涯沦落人，多次占卜问梦境，莫非客疑有新知己，竟将旧情全忘记。

【赏析】

　　本诗是秋夜怀友之作。全诗生动地描绘了作者深深地思念友人的心情。春天相别，时至秋凉，仍无来信，因思而梦、而虑，因梦而占、而思怀念之情，不能自已。作者对友人的思念，。感情极为真挚，感人至深。李商隐的诗以隐晦著称，而这首诗是少有的明白表达心意的。

北青萝

残阳西入崦，茅屋访孤僧①。

唐 诗

落叶人何在，寒云路几层。

独敲初夜磬，闲倚一枝藤②。

世界微尘里，吾宁爱与憎③。

【注释】

①崦：指日没的地方。

②初夜：黄昏。

③世界句，语本《法华经》："书写三千大千世界事，全在微生中。"意思是大千世界俱是微生，我还谈什么爱和恨呢？

【译诗】

残阳渐渐西沉，隐没在西山里。我前去寻访，住茅

331

屋的孤僧。只见落叶飘舞，不知人在何处。寒云缭绕小径，曲折又幽深。夜幕初降，独有磬声响，唯见孤僧斜倚青藤杖。大千世界皆在微尘，我何必还纠缠爱憎。

【赏析】

　　诗人在暮色中去寻访一位山中的孤僧，通过体味山中疏淡清丽的景色，孤僧恬静闲适的生活，诗人领悟到"大千世界，全在微尘"的佛家境界。但纵观李商隐一生挣扎于宦海，这只不过是他失意之时的感慨，也当算个异数。

温庭筠

　　温庭筠（812～870），唐诗人、词人。原名岐，字飞卿，太原祁（今山西祁县东南）人。词作数量居晚唐词人之首，现存六十余首，多收入《花间集》。诗作间亦反映时政，辞藻华丽，与李商隐齐名，称"温李"。

送人东游

荒戍①落黄叶，浩然离故关②。

高风汉阳渡，初日郢门山。

江上几人在？天涯孤棹还。

何当重相见，樽酒慰离颜。

【注释】

①荒戍：荒凉的古堡。

②故关：故乡。

【译诗】

　　废弃的营垒一片荒凉，草木凋零落叶黄。你胸怀大志离故乡。汉阳渡口高风紧，日出即到郢门山。不知江东，还有几位故人在，正盼着，天涯孤舟归来。咱们何日能重相见，举杯同饮美酒，消去这离别愁颜。

【赏析】

　　这是一首送别诗。全诗境界雄浑壮阔，慷慨悲凉，毫无作者"花间词派"婉约纤丽的文风。"浩然离故关"一句确立了诗的基调，由于离人意气昂扬，就使得黄叶飘零，天涯孤棹等景色显得悲凉而不低沉，因而慷慨动人。诗的末联透露出依依惜别的离境，诗中虽是在秋季送别，却无悲秋的凄楚，这在同类秋季送别诗中是不多见的。

马 戴

马戴（生卒年不详），字虞臣，曲阳（今江苏省东海县）人，会昌四年（844）进士。官终太学博士。

马戴与贾岛交往甚密，但两人的诗风迥然不同。马风多不以雕琢为工，显得比较自然，流动。马戴善于抒情写景，宋代的严羽和明代的杨慎都对马戴的作品评价很高。《全唐诗》录存其诗二卷。

灞上秋居①

灞原风雨定，晚见雁行频。

落叶他乡树，寒灯独夜人。

空园白露滴，孤壁野僧邻。

寄卧郊扉久，何年致此身？

【注释】

①灞上：地名。在陕西省西安市东、灞水西高原上。

334

【译诗】

灞原上风住雨停，暮色中大雁飞往频频，黄叶随风飘落，这不是故乡的树。静夜黑沉沉，寒灯伴我孤独人。园林是这般空寂，只听见，白露点点往下滴。四壁是如此孤清，只有出家的僧侣相邻。久居这荒郊野岭，何日才能为君主尽力？

【赏析】

这首诗抒写羁旅他乡、进身无路的悲凉境遇。前六句通过秋天的萧瑟景物，制造了浓烈的客愁氛围。诗中先以风雨初定、雁行频飞起兴，渲染寒秋来临的气氛。次以落叶、寒灯具体写秋夜山居的沉寂与凄凉。最后则进一步以空园、孤壁突出表现山居的萧瑟冷落和孤寂。诗人在最末两句中表达了对早日进身仕途，施展自己抱负的渴望。全诗意境高远。

楚江怀古①

露气寒光集，微阳下楚丘。

猿啼洞庭树，人在木兰舟。

广泽生明月，苍山夹乱流。

云中君^②不见，竟夕自悲秋。

【注释】

①楚江：指沅江。

②云中君：传说中的神名。

【译诗】

霜露凝聚着寒光，夕阳西下楚山冈。洞庭树丛里，清猿声声哀啼。乘驾木兰舟，顺水漂游。浩翰的湖面明月冉冉升起。苍莽的青山，夹着喧闹的水流，我望不见云神，彻夜难眠，怀古悼往独悲愁。

【赏析】

这首诗是马戴因进直言而被贬为龙阳县尉时作。在深秋薄暮时节，诗人泛舟于洞庭，见夕阳西下，明月东升，听猿啼树上，江流声声。诗人因直言被贬，心存郁结，诗以怀古为题，实是抒发自己的感慨。全诗富于画意，俞陛云评这首诗说："唐人五律，多高华雄厚之作，此诗以清丽婉约出之，如仙人乘莲叶轻舟，凌波而下也。"

张 乔

张 乔（生卒年不详），池州（今安徽贵池县）人，唐昭宗时进士。当时东南多才子，与许棠、郑谷、喻坦之、剧燕、吴罕、任涛、周繇、李栖元等号称"十哲"。隐居九华山以终。其诗清雅，但大多缺乏积极的思想内容。《全唐诗》录存其诗二卷。

书边事

调角断清秋，征人倚戍楼。
春风对青冢，白日落梁州。
大漠①无兵阻，穷边②有客游。
蕃情似此水，长愿向南流。

【注释】

①大漠：广阔的沙漠地区。
②穷边：边塞的尽头。

【译诗】

角声悠扬，占尽了金秋的风光。守边将士，倚靠在防城望楼上。昭君墓青草依依，似有春风相随。夕阳缓缓下沉，落入边城梁州。浩翰的大漠没有兵戈阻拦。遥远的绝塞仍有旅客游玩。但愿土蕃民意如同这里的江水，永远朝南方流去。

【赏析】

　　清秋的旷野听不到号角声响。守边的将士倚靠在防城望楼上。昭君墓青草依依，似乎春风相随。夕阳缓缓下沉，落入边城梁州。浩翰的大漠没有兵戈阻拦。遥远的绝塞仍有旅客游玩。但愿土蕃民意如同这里的江水，永远朝南方游去。这是首别具一格的边塞诗，诗中描写和平时期的边塞风光，表达作者对民族团结和边疆和平的赞颂。

崔　涂

　　崔涂（生卒年不详），字礼山，江南人。僖宗光启四年（888）进士，曾长期流落巴、蜀、湘、鄂等地。他的诗以抒写怀乡、送别的题材较多，情调比较抑郁、低沉，但意境深婉，尚不落晚唐浮浅习气。《全唐诗》录存其诗一卷。

除夜有怀

迢递三巴路，羁危①万里身。

乱山残雪夜，孤烛异乡人。

渐与骨肉远，转于僮仆亲②。

那堪正飘泊，明日岁华新。

【注释】

①羁危：形容寄居他乡的艰危。

②用王维《宿郑州诗》"孤客亲僮仆"意。

【译诗】

三巴的道路悠远绵长，我行走在万里险途上。黑夜中，乱山重重残雪冷。烛光闪，照我孤独的异乡人。骨肉至亲渐渐疏远，反与僮仆亲密无间。怎能忍受这漂泊的生涯，明日又迎来一个新的年华。

【赏析】

这首诗是除夕途中怀乡之作。诗人身在异乡，感羁旅之愁。三、四两句写凄清的除夕夜景，渲染诗人落寞情怀。五、六两句写远离亲人，连僮仆也感到亲切，更表现出思乡之切。末两句寄希望于新年，飘泊之感更烈，自然真切。全诗用语朴实，抒情细腻。

孤 雁

几行归塞①尽，念尔独何之。

暮雨相呼失，寒塘欲下迟。

渚云低暗度，关月冷相随。

未必逢矰缴②，孤飞自可疑。

【注释】

①塞：边塞。

②矰缴：古时射鸟用的拴着丝绳的箭。

【译诗】

一行行鸿雁都已飞回塞边。可怜你孤零零，要飞往哪里。暮雨凄冷，呼唤失散的同伴。寒塘幽深，迟疑着在天上盘桓。穿过小洲上低浮的浓云，跟随边关外清寂的冷月。行程中纵然不会遭箭袭，孤飞毕竟心疑惧。

【赏析】

这是一首以孤雁象征诗人流落不遇的诗。在潇潇暮雨中，孤雁因失群而形单影只独自飞越悲鸣，在寂寂的寒塘上面盘旋，欲下却又迟疑，只恐遇险。诗中把孤雁的形象刻画得栩栩如生，咏物抒怀，作者以孤雁自比，全诗意境凄苦感人。

杜荀鹤

杜荀鹤（846～907），字彦之，自号九华山人，池州石埭（今安徽石台县）人。家境贫寒，早年隐居九华山读书。昭宗大顺二年进士及第，宁国节度使辟为从事。受命密使大梁联络朱温，表荐为翰林学士、主客员外郎。天祐初病逝。杜荀鹤上承杜甫、白居易等现实主义传统，论诗主张"诗旨未能忘救物"。其诗多反映人民苦难生活，以律体形式写乐府题材是其主要特色，语言浅近，不事雕琢，别具一格。

由于生活困顿，理解和同情人民疾苦。诗文多揭露

统治阶级的残酷剥削，反映黄巢起义失败后的社会情景。诗作多近体，尤长七律，但不为声律所束缚。诗风平易委婉，清新流利，语言平畅，世称"杜荀鹤体"。有《唐风集》传世。

春宫怨

早被婵娟^①误，欲妆临镜慵。

承恩不在貌，教妾若为容？

风暖鸟声碎，日高花影重。

年年越溪女，相忆采芙蓉^②。

【注释】

①婵娟：美好的容貌。

②芙蓉：荷花。

【译诗】

早年貌美选入宫，却被冷落青春误。想要梳妆饰美容，坐到镜前心倦慵。君王宠爱不在貌，叫我为谁去饰容。春风温暖柔似水，小鸟啼鸣声细碎。太阳当空高照，花影重重叠叠。当年吴王宫中那位越溪女子，想必年年都在回忆过去和女伴一起采莲的情景。

【赏析】

这是一首宫怨诗。全诗描绘宫女的怨恨和往日的欢乐,反映了封建时代妇女以色事人的悲哀。诗写宫怨,更深的寓意是怨恨世俗颠倒美丑,贫士怀才不遇。诗中第三联极为世人称赏。宋胡仔《苕溪渔隐丛话·前集》卷二十三:"谚云:'杜诗三百首,唯在一联中'——'风暖鸟声碎,日高花影重'是也。"

韦 庄

韦庄(836~910),字端己,京兆杜陵(今陕西西安)人。昭宗乾宁进士。后入川投奔王建。王氏建立前蜀,受任为宰相。终于蜀。韦庄生性疏旷,不拘小节。诗词均负盛名,颇多吊古伤今之作,风格凄婉轻丽。为"花间"重要词人。有《浣花集》传世。

章台夜思①

清瑟怨遥夜,绕弦风雨哀。

孤灯闻楚角，残月下章台。

芳草已云暮②，故人殊未来。

乡书不可寄，秋雁又南回。

【注释】

①章台：即章华台，春秋时楚国离宫。

②云：语助词。暮：尽。

【译诗】

忧怨的琴声在长夜中回荡，弦音悲切，似有凄风苦雨缭绕。孤灯下，又听见楚角声哀，清冷的残月徐徐沉下章台。芳草渐渐枯萎，已到生命尽头。亲人故友，从未来此地。鸿雁已往南飞，家书不能寄回。

【赏析】

这是一首思乡诗。全诗描摹了一幅凄清的晚秋夜色图：长夜萧条，瑟声忧怨，孤灯残月，芳草迟暮，故人难见，乡书不达，秋雁南飞。这样的一个秋夜，诗人身在他乡，各种愁思一起涌来，怎能不愁肠百结。"芳草已云暮"，诗人借芳草迟暮喻指美好年华的消逝，联系诗人的身世经历，应当说全诗除了乡思之外，作者还是有其它感慨的。

僧皎然

　　僧皎然（生卒年不详），字清昼，俗姓谢，长城（今浙江长兴县）人。出家为僧，法号皎然。久居吴兴杼山妙喜寺。

　　皎然是唐代文名最高的僧人，和韦应物以及较晚的刘禹锡、李端等均有交往。他的诗以山水、宗教为主要题材，作风闲雅。还有一些描写边塞和男女恋情的作品，也颇为时人所称道。他的论诗专著《诗式》在古典诗论中，具有显著的特点和一定的影响。

寻陆鸿渐不遇

移家虽带郭^①，野径入桑麻。
近种篱边菊，秋来未著花。
叩门无犬吠，欲去问西家。
报道山中去，归来每日斜。

【注释】

　　①移家：迁居。带郭：靠近城郭。郭，外城。

【译诗】

你的新居虽在城墙边，原野小

径却伸进桑林麻田。房前屋后，种满篱边菊，秋日

来临，怎不见花开？叩门听不见狗叫，便去问西邻人

家。说是你到山中去，每日归来已是斜阳西下。

【赏析】

这是诗人访友不遇之作。全诗描写了隐士闲适清静

的生活情趣。诗人选取一些平常而又典型的事物，如种

养桑麻菊花，邀游山林等刻画了一位生活悠闲的隐士形

象。全诗有乘兴而来，兴尽而返的风趣，语言自然朴

实，不加雕饰，流畅潇洒。

七言律诗

七字八句，主要特点与五言律诗相同。以平声起句

的为正格，仄声起句的为偏格。这种体裁每句比五律多两个字，大大增强了诗歌表现生活的能力，给作家提供了驰骋才情的新形式。此体创型于初唐，至盛唐而极盛。

崔 颢

崔颢（704～754），汴州（今河南开封）人。开元十一年（723）进士，曾任太仆丞，天宝中为尚书司勋员外郎。

崔颢早期的诗多写闺情，后来对社会认识加深，又去过边塞，诗的风格变得雄浑豪放。现存诗中多乐府歌行，有的清新自然，富于民歌味道。《全唐诗》录存诗一卷。

黄鹤楼

昔人已乘黄鹤去，此地空余黄鹤楼。
黄鹤一去不复返，白云千载空悠悠①。
晴川历历汉阳树②，芳草萋萋鹦鹉洲。

日暮乡关何处是？烟波③江上使人愁！

【注释】

①悠悠：飘扬的样子。

②历历：指林木清晰可数。汉阳：今武汉汉阳区，与黄鹤楼隔江相望。

③烟波：烟霭笼罩的江面。

【译诗】

仙人已驾黄鹤悠悠飞去，此地仅留下空寂的黄鹤楼。黄鹤一去不复返，只有渺渺白云千年浮游在空中。晴天里遥望汉阳树，江水明朗，枝叶鲜亮。芳草郁郁葱葱，长满鹦鹉洲。日落黄昏后，独自思忖家乡在何处？江上起烟波，迷雾腾腾使人愁。

【赏析】

《黄鹤楼》是一篇登楼览胜抒怀之作。诗的前两联写楼名来历，鹤去楼空，白云悠悠，不仅反映了黄鹤楼的古今变化，也表现了诗人登楼时的寂寞之感。后两联写登楼所见，诗人笔触由远及近，先写汉水一带，晴空万里，汉阳绿树，历历在目；再写鹦鹉洲上，芳草茂盛，一片碧绿；最后描写长江，暮色苍茫，烟霭沉沉，诗人触景生情，勾起了淡淡的乡愁。全诗意境苍茫壮阔，色彩鲜明，景物如画，怀古思乡能情调高昂而不颓唐，神话与现实熔于一炉，古今、虚实、远近巧妙结合，艺术感染力极强。严羽称"唐代七律诗，当以此为第一"。沈德潜评此诗"擅千古之奇"。相传李白登黄鹤楼，见此诗后不再题诗，感叹："眼前有景道不得，崔颢题诗在上头"。

行经华阴

岧峣太华俯咸京，天外三峰削不成。

武帝祠前云欲散，仙人掌上雨初晴。

河山北枕秦关①险，驿路西连汉畤②平。

借问路旁名利客，何如此地学长生！

【注释】

①秦关：即函谷关。

②汉畤：畤，指祭天地、五帝之所。汉代有五畤，都在今陕西境内。

【译诗】

太华山高峻雄伟，俯视着咸阳古京城。陡峭的山峰直插天外，纵是刀斧，也削不成。武帝巨灵祠前，满天浓云就要散尽。仙人掌峰上，匆匆雨过，天又晴。华阴地势多险隘，河山北靠函谷关。驿路向西连汉畤，交通大道渐平展。借问路边客，热衷名利奔波苦，何不如安身在此山。静下心来学长生术。

【赏析】

诗人描写了华阴奇险的景物，高峻的山峰，古时的祠庙，交错的驿路，变幻的风云，气象万千，蔚为壮观。末二句诗人触景生情，忽生世外之想，发出对于竞争名利的哀悯和学道求仙的向往，仍归结到写华山，使诗在整体上显得工整谨严。全诗气势磅礴，意境阔大，语言奇丽。

祖 咏

祖咏（699～746），字和生，洛阳人。开元十二年（724）进士。仕途不得意，以渔樵自终。其诗多描写山水景物，宣扬隐逸生活，为盛唐山水田园诗派作者之一。《全唐诗》录存其诗三十六首。

望蓟门

燕台①一去客心惊，笳鼓喧喧汉将营。

万里寒光生积雪，三边曙色动危旌。

沙场烽火侵胡月，海畔云山拥蓟城。

少小虽非投笔吏，论功还欲请长缨②。

【注释】

①燕台：战国时燕昭王所筑黄金台。此处代称燕地。

②请长缨：《汉书·终军传》载，济南书生终军向皇帝请命，希望得到一根长绳，立誓把南越王捆来。

【译诗】

登上燕台，我便被眼前景象震惊。笳鼓声喧，响彻威武的汉家营。放眼望去，积雪万里闪寒光。边关曙色中，军旗高挂迎风扬。沙场上，战火熊熊，似已逼近胡地的月亮。大海边，云绕群山，簇拥护卫着蓟门关。少年时虽比不上班超，投笔从戎立志向。如今愿学终军，建立功勋请长缨。

【赏析】

这首诗写作者到边地所见壮丽景色，抒发立功报国

壮志。诗一开始就用"心惊"二字，表示作者对国事的担扰。接着写听到军中不断传来鼓角声，使人感到浓厚战争气氛。中间两联进一步具体地描绘了登台所见的紧张情况，从而激发了诗人投笔从戎，平定边患，为国立功的豪情。全诗一气呵成，体现了盛唐诗人的昂扬情调。

崔　曙

崔曙（生卒年不详），一作崔署，宋州（今河南商丘县）人，开元二十六年（728）进士，以《奉试明堂火珠诗》："夜来双月合，曙后一星孤"知名。少孤贫，曾隐居少室山（今河南嵩山西峰），与诗人薛据友善。《全唐诗》录存其诗一卷。

九日登望仙台呈刘明府

汉文皇帝有高台，此日登临曙色开。
三晋①云山皆北向，二陵风雨自东来。
关门令尹谁能识？河上仙翁去不回。
且欲近寻彭泽宰②，陶然共醉菊花杯。

【注释】

①三晋：战国时赵、韩、魏三国的合称。其地相当于今山西及河北西部、河南北部。

②彭泽宰：陶渊明曾为彭泽县令，故称。此借指刘明府。

【译诗】

汉文帝在西山筑起望仙台。今日我登临，曙光初照，云雾散开。三晋的云山都朝北面，二陵的风雨，自东边来。函谷关的令尹已成神仙，他的去向谁能知晓。

河上仙翁也一样，飘飘然离去，不复返。仙人踪迹难觅，不如就近寻访刘明府。两人同举杯开怀痛饮，淋漓酣畅，共醉菊花旁。

【赏析】

这是一首赠诗。

述登临之雅事，抒怀古之幽情。首二联写登上望仙台远眺，不见仙人，只见三晋、二陵的形胜和风光。三联写神仙已去，虚无缥缈。末联归结到仙人难寻，不如在重九与刘明府一同饮酒赏菊，表现出潇洒豁达的襟怀。全诗多处用典，意境开阔。

李 颀

送魏万之京

朝闻游子唱离歌，昨夜微霜初度河。

鸿雁不堪愁里听，云山况是客中过！

关城①曙色催寒近，御苑砧声向晚多②。

莫是长安行乐处，空令岁月易蹉跎！

【注释】

①关城：指魏万西行所经的潼关。

②御苍：皇宫林苑。此代指京都长安。砧：捣衣石。向晚：傍晚。

【译诗】

昨夜微霜初降，今朝你已渡河。我远远听见，游子唱离别歌。鸿雁哀鸣，声凄凄，离愁萦绕，不忍听。云山雾罩路茫茫，行程中游子更迷惘。潼关城内曙色昏，寒冬时令已逼近。京城园林入秋夜，捣衣砧声不绝响。莫把长安当行乐处，枉度岁月耗时光。

【赏析】

这是一首送别诗，被送者为作者晚辈。诗中一、二两句想象魏万到京城沿途所见的极易引起羁旅乡愁之感的景物。中间四句或在抒情中写景叙事，或在写景叙事中抒情，层次分明。末两句劝勉魏万到了长安之后，不要只看到那里是行乐的地方而沉湎其中，蹉跎岁月，应该抓紧时机成就一番事业。这表达了诗人对魏万的深厚情意，情调深沉悲凉，但却催人向上。

李 白

登金陵凤凰台①

凤凰台上凤凰游，凤去台空江自流②。

吴宫花草埋幽径，晋代衣冠成古丘③。

三山半落青天外，二水中分白鹭洲。

总为浮云能蔽日，长安不见使人愁。

【注释】

①凤凰台：故址在今南京市凤凰山。

②晋代：指建都金陵的东晋王朝。衣冠：士大夫穿戴的衣帽，此指达官贵人。

【译诗】

凤凰台上，曾有凤凰游。凤去台空，只有江水依旧，汩汩自向东流。野花杂草埋幽径，那原是吴国旧宫。晋代多少名门望族，今已成荒冢古丘。三山悠远，如落青天外，江水中分，绕过白鹭洲。总有奸臣来当道，犹如浮云遮白日。长安悠远我望不见，心中郁闷长怀愁。

【赏析】

这首诗当是作者天宝年间，因被排挤而离开长安，南游金陵时作的。作者在这首诗中，通过登台所见所感，既描绘了山河壮丽的景色，也在吊古幽思之中，抒发了自己在政治上失意的忧愤心情，表示了对"浮云蔽日"的奸佞小人的痛恨。全诗语言流畅自然，对仗工整圆熟。古今对比，不胜感慨，情景交融，余韵不绝。此诗在艺术特色上与崔颢《黄鹤楼》接，应当是受了崔诗的影响。

高　适

送李少府贬峡中王少府贬长沙①

嗟君此别意何如？驻马衔杯问谪居。

巫峡啼猿数行泪，衡阳归雁几封书。

青枫江②上秋帆远，白帝城边古木疏。

圣代即今多雨露，暂时分手莫踌躇。

【注释】

①李少府、王少府：俱不详。少府，官职名，即县尉。

②青枫江：在今长沙市南。

【译诗】

此次与你们相别离，大家心意茫然，只有长嗟叹。停下马来，共饮几杯酒，试问谪居之地怎样？巫峡猿啼，声凄厉，过客听之，泪淋淋。秋日里衡阳北雁归，定带回亲友书信几封。青枫江水上，秋帆远漂荡。白帝城边多古树，草木萧疏，深幽气寒。当今逢圣代，君王多恩泽，咱们仅是暂分手，劝君莫踌躇。

【赏析】

这是一首别具一格的送别诗，诗人同时送别两位友人，送别的两位友人所贬的地方又不一样。作者写得有分有合，很得体。巫峡啼猿，对李少府；衡阳归雁，则是对王少府。青枫江上，讲王少府；白帝城边，又讲的是李少府。首联和末联，则是对两位合讲的。末句对友人进行劝慰，分别是暂时，对前途不要悲观。全诗，结构谨严，感情深厚，很有感染力。

岑 参

和贾至舍人早期大明宫之作

鸡鸣紫陌曙光寒，莺啭皇州春色阑。

金阙①晓钟开万户，玉阶仙仗②拥千官。

花迎剑佩星初落，柳拂旌旗露未干。

独有凤凰池上客，《阳春》一曲和皆难。

【注释】

①金阙：金殿。

②仙仗：天子的仪仗。

【译诗】

雄鸡啼鸣，曙晖初照，寒光洒满京都大道。黄莺鸣唱，清脆婉转，皇城京都春意阑珊。金殿宫门晓钟敲响，千楼万户一齐开敞。天子仪仗玉阶两旁，护拥百官，进入朝堂。花饰宝剑辉光交映，天边晨星刚刚消

隐。垂柳摇曳，轻拂旌旗，晶莹白露还沾枝叶。凤凰池
上，中书舍人，独有你唱阳春白雪。此曲高雅，唱和
甚难。

【赏析】

这是一首咏早朝的唱酬诗。

诗的写作特色是由远而近：雄鸡啼鸣，曙晖初照，
寒光洒满京都大道。黄莺鸣唱，清脆婉转，皇城京都春
意阑珊。金殿宫门晓钟敲响，千门万户一齐开敞。开子
仪仗玉阶两旁，护拥百官，进入朝堂。花饰宝剑辉光交
映，天边晨星刚刚消隐。杨柳轻拂着旌旗，枝头上的露
珠还没滴落。凤凰池上，中书舍人，独有你唱阳春白
雪。此曲高雅，唱和甚难。岑参是以自然景物如花、柳

来衬托朝仪的，写得清新不俗，语言也很明快。

王 维

和贾至舍人早朝大明宫之作

绛帻鸡人报晓筹，尚衣方进翠云裘①。

九天阊阖开宫殿，万国衣冠拜冕旒②。

日色才临仙掌动，香烟欲傍衮龙浮③。

朝罢须裁五色诏，珮声归到凤池头④。

【注释】

①绛帻：红布包头。鸡人装束。鸡人：古报晓官。每日未明三刻传鸣声报晓。晓筹：拂晓的更筹。指拂晓时刻。尚衣：内府官署名，掌供帝王服饰。翠云裘：绣以云纹的皮衣。泛言华美服饰。

②九天：指皇宫。阊阖：天门。这里指宫门。衣冠：指文武百官。冕旒：皇冠。代指皇帝。

③仙掌：指托承露盘的铜仙人掌。汉武帝所造。衮龙：古代皇帝朝服上的龙。

④五色诏：用五色纸写的诏书。凤池：即凤凰池。指中书省。

【译诗】

卫士戴红巾，朱雀门外学鸡鸣，报晓警百官。尚衣官署向天子进上翠云袍。高远的宫门层层开，犹如在九重天。异邦万国大臣，拜见当朝皇帝。日色刚照殿堂，仪仗排成屏障。御炉香烟缭绕，龙袍锦绣闪光。早朝完结后，你须裁用五色纸，起草上诏书。百官即退朝，身佩饰物响，嘈切声中你徐徐归，回到凤池上。

【赏析】

这首诗与岑参的诗一样，都是和诗。从创作意图和内容上看，与贾至的原作一样，都是歌功颂德的诗。这首诗比原作及岑参的和诗不同之处在于重于铺陈渲染早朝的庄严隆重和华贵气象。首联从准备早朝写起，次联显示出大唐帝国的堂皇气派。宫门大开，万官朝拜，春日灿烂，香烟缭绕，诗人写出了早朝浩大的气势和堂皇的场面。末联点明贾至身份，贴切自然。本诗主要是以气象取胜，作为应制咏朝诗，当然不会有很大的社会现实意义，因而也略脱不掉粉饰现实之嫌。

奉和圣制从蓬莱向兴庆阁
道中留春雨中春望之作应制

渭水自萦秦塞曲①，黄山旧绕汉宫斜②。

銮舆③迥出千门柳，阁道回看上苑花④。

云里帝城双凤阙，雨中春树万人家。

为乘阳⑤气行时令，不是宸游玩物华⑥。

【注释】

①渭水：即渭河，黄河最大支流。萦：环绕。秦塞：指秦地，长安所在地。

②黄山：黄麓山，在长安西北，今陕西省兴平县境。汉宫，这里也指唐宫。

③銮舆：皇帝的车驾。迥出：远出。千门柳：千门指重重宫门，重重宫门中间垂柳夹道。

④上苑：皇帝的园林，在长安西北。

⑤阳气：指春天，春气。古人认为春天来临阳气始发。

⑥宸游：宸，本指北极星居处，借指皇帝居处，这里指皇帝。宸游，天子出游。玩物华：欣赏美景。

【译诗】

渭河之水弯弯曲曲，环拥秦塞，汩汩流。逶迤黄山依河畔，盘桓旋绕旧汉宫。天子的车舆出千门，穿过重重垂柳。阁道之上回身望，御园里姹紫嫣红，百花开放。雾气弥漫，渺茫茫，独见帝宫双凤阙，高耸在云间。春雨潇潇洒，碧树掩映万户人家。乘着春意去察巡，颁行农事令。春光明媚，美如画，天子出游并非为赏景。

【赏析】

这是奉命和皇帝诗歌而作的。诗中前六句歌颂玄宗春游时所见的景象。描绘了长安周围的山川形胜及帝城中的景色，诗人善于提炼景物，写出了"雨中春树万人家"这样清新的句子。后两句为皇帝出游辩护，巧为称颂，粉饰太平，是应制诗的通例。全诗气势高华，字里行间透出一派盛唐气象，但作为应制诗，总的来说诗品不高。

积雨辋川庄作

积雨空林烟火迟，蒸藜炊黍饷东菑。

漠漠水田飞白鹭，阴阴夏木啭黄鹂^①。

山中习静观朝槿^②，松下清斋折露葵。

野老与人争席罢，海鸥何事更相疑？

【注释】

① 漠漠：广阔而寂静。

② 习静：修习淡静的心性。

【译诗】

　　连绵阴雨浸润着空寂的山林，袅袅炊烟从湿地缓缓升起。蒸藜煮黍，饭食送到东边田里。稻田濛濛，白鹭翩翩起舞，夏树重重，黄鹂婉转歌唱。深居山中，修养寂静的心性，面对朝槿，悟出人生无常的枯荣。松下采露葵，做我清斋的菜蔬。野老我与世无争，早已离开红尘。鸥鸟为何还疑惧，不敢飞下亲近人。

【赏析】

此诗是王维山水田园诗中的名篇。诗从积雨写起。久雨后的辋川是很美丽的：空气潮湿，炊烟袅袅。农民在农田里排除积水，家里则正为他们准备午饭。次联写山庄自然景物：白鹭飞翔在雨后迷茫的水田上，浓浓的树荫里黄鹂鸟在鸣啭了。积雨给水鸟带来了欢快，使鸣禽更觉凉快。第三联写诗人在山中的生活情景：我已经静惯了，于静坐中看那木槿花朝开暮落；事佛参禅，信守斋戒，清饮素食；雨停了，出来散步，在松树下歇息，顺便采摘一些野菜。我已经与世无争了，海鸥何必再对我起疑心呢？全诗如同一幅淡雅的水墨画，鲜明地表现了王维"诗中有画"的风格。

赠郭给事①

洞门高阁霭余晖，桃李阴阴柳絮飞②。

禁里疏钟官舍晚，省中啼鸟吏人稀③。

晨摇玉珮趋金殿，夕奉天书拜琐闱④。

强欲从君无那老，将因卧病解朝衣⑤。

【注释】

①给事：给事中的省称，唐时属门下省，官阶正五品上。

②洞门：指重重相对的宫门。霭：暮霭，傍晚时分的云气。桃李：指宫禁中所植桃树、李树。

③禁里：皇宫。

④玉佩：玉制佩饰，古时贵族方可佩带。趋：快步疾行，以示恭敬。句中指上朝。拜琐闱：指下朝。

⑤无那：无奈。解朝衣：脱去朝服，指辞官。

【译诗】

高楼殿阁宫门重重，沐浴在夕阳的余晖中桃李芬芳，茂密成荫，看柳絮，随风轻轻飞扬。宫里晚钟音声稀疏，静夜里更觉官舍清寂。门下省中，吏人稀少，只听见小鸟啾啾啼叫。晨光初照，你恭敬快步进殿堂，身边玉佩摇得响叮当。日暮黄昏，你手捧天子诏书，拜辞宫廷忙去宣达圣令。本想强勉力，紧紧追随你。无奈年纪老，力已不从心。不如脱朝衣，辞职去归隐，静养我身驱，调顺这病体。

【赏析】

这是一首唱和诗。诗中描绘了一派春光明媚的景象和宫廷内清闲情景，表现出太平盛世的光景。赞颂了郭给事入朝退朝尽忠职守和地位的显要。最后表明自己年老衰迈，无意于仕途。诗中无寒贱相和阿谀词，心平气和，雅而不俗实为大家手笔。

杜 甫

蜀 相

丞相祠堂何处寻①，锦官城外柏森森。

映阶碧草自春色，隔叶黄鹂空好音。

三顾频烦天下计②，两朝开济老臣心③。

出师未捷身先死④，长使英雄泪满襟。

【注释】

①丞相祠堂：诸葛武侯祠，在成都市南郊。

②三顾：指刘备"三顾草庐"，亲自去隆中访问诸葛亮。

③开济：开创基业，匡济危时。

④出师：指率兵伐魏。未捷：未获成功。

【译诗】

丞相祠堂去哪里寻找？锦官城外，翠柏郁郁苍苍。碧绿的芳草映衬着荒弃的石阶，春光枉自明媚，祠宇只剩下空寂。树茂叶密，黄鹂婉转鸣啼，空有好音，无人赏听。想当年，先主三顾茅庐，向你询问定国安邦大计。你辅佐先主开国，扶助后主继业，老臣的耿耿忠心，佳话传古今，你率众兵，出师征战，大业未竟，身先亡。古今英雄无限感慨，痛切深婉惜，泪下湿衣襟。

【赏析】

杜甫在漂泊西南时，写了不少追怀诸葛亮的诗，这一首是乾元三年（760）寓居成都时所作。这首诗在艺术上的特点是：一是抓住祠堂典型环境的特征，如柏树森林、碧草萋萋，黄鹂空鸣来渲染寂静、肃穆的气氛，把诗人对诸葛亮的怀念表现得十分深沉。二是对诸葛亮的政治活动作概括的描写，勾画出了一个有为的政治家的形象，从而激起人们的钦敬。结尾一联，更从诸葛亮攻业未遂留给后人怀念之情，表达了对诸葛亮的赞美和惋惜。这一联苍凉悲壮，为千古传诵的名句。

369

客 至

舍南舍北皆春水①，但见群鸥日日来。

花径不曾缘客扫，蓬门今始为君开。

盘飧市远无兼味②，樽酒家贫只旧醅③。

肯与邻翁相对饮，隔篱呼取尽余杯。

【注释】

①舍：房舍，指成都浣花溪畔的草堂。

②飧：指熟食。

③旧醅：隔年的酒。

【译诗】

家舍在河畔，房南屋北春水绕。日日见群鸥，结队翩翩飞来。花草覆小径。不曾因客去打扫。柴门一向闭，今日特为你敞开。街市太遥远，不能奉上丰盛美食。家境且贫寒，只有陈年老酒招待。若客不嫌弃，待我隔篱轻呼唤。邻居老翁请过来，一起把酒干。

【赏析】

诗人久经离乱，安居成都后草堂落成不久，客人来访，心里自然很高兴，作了这首诗。前二句描写居处的景色，清丽疏淡，与山水鸥鸟为伍，显出与世相隔的心境；后面写有客来访的欣喜以及诚恳待客，呼唤邻翁对饮的场景，表现出宾主之间无拘无束的情谊，诗人为人的诚朴厚道跃然纸上。诗中流露出一种闲适恬淡的情怀，诗语亲切，如话家常。

野 望

西山白雪三城戍，南浦清江万里桥。

海内风尘诸弟隔①，天涯涕泪一身遥。

唯将迟暮供多病，未有涓埃答圣朝。

跨马出郊时极目，不堪人事日萧条。

【注释】

①风尘：指战乱。诸弟隔：指骨肉分离。

【译诗】

西山上，白雪皑皑，护卫着三城重镇。南浦边，清江水长，横跨着万里桥。四海之内，布满战火烟尘。兄弟离散，各在异地他乡。孑然一身，飘摇天际。思念亲人，不禁涕泪涟涟。迟暮年岁，人已衰老，疾病多缠身。未有丝毫劳绩，报答圣明朝廷，我羞愧难当。骑马出郊外，极目远望。世事日益萧条，令人悲伤怅惘。

【赏析】

诗人跨马出郊野望，眼见一派清旖景色，内心却潜藏无限伤感。国破家亡，兄弟天各一方，战乱烽火不停，自己年老多病，不能实现报国理想。作者写野望所见，抒发忧家忧国之情，语言凝炼，意境苍茫。全诗体现了作者沉郁顿挫的诗风。

闻官军收河南河北

剑外忽传收蓟北^①，初闻涕泪满衣裳。

却看妻子愁何在，漫卷诗书喜欲狂。

白日放歌须纵酒，青春作伴好还乡^②。

即从巴峡穿巫峡，便下襄阳向洛阳。

【注释】

①剑外：指诗人所在的梓州。蓟北：泛指河北北部，安史叛军的最后巢穴。

②青春：春天。

【译诗】

剑门关外忽传消息，官军收复蓟北失地。乍一听

闻，又悲又喜，泣涕涟涟，泪沾衣襟。回看妻儿，愁云
扫尽。收拾诗书，欣喜若狂。日头照耀，放声高歌。无
拘无束，痛饮美酒。春光明媚，生机盎然，花鸟作伴，
好还故乡。快快动身，起程巴峡，穿过巫峡，便下襄
阳，继续前行，又向洛阳。

【赏析】

　　唐代宗宝应元年（762），唐军收复了大河南北的大
片土地，时成都发生兵乱，杜甫避乱寄居梓州，听到安
史之乱被平定的消息，惊喜若狂，极度兴奋之余，写下
了这首诗。

　　诗人直抒胸臆，用直叙的手法，抒写他在听到胜利
消息后的激动心情。起首一句写突然传来胜利消息，劈
空而来，提起全篇，很有气势。第二联以两个很有特点

的行动具体表现诗人听到胜利喜讯的表现，生动地反映了作者极其欢悦的心情。最后两联以浪漫主义的手法，描绘举酒痛饮，放声高歌的无限欣慰；同时想象将在鸟语花香、明媚绚丽的春光中穿三峡，下襄阳，返回久别的洛阳故居。全诗轻快开朗，一扫沉郁苍凉的诗风，所以前人评为杜甫"生平第一首快诗"。

登 高①

风急天高猿啸哀，渚清沙白鸟飞回②。

无边落木萧萧下，不尽长江滚滚来。

万里悲秋常作客，百年多病独登台③。

艰难苦恨繁霜鬓，潦倒新停浊酒杯。

【注释】

①登高：旧时风俗，重阳节有登高赏菊的习惯。

②渚：水中的沙洲。回：回旋。

③百年：指一生、终身。

【译诗】

秋风紧，天高空远。猿啼声，凄厉悲凉。清洲上，白沙闪闪，鸟低飞，往复盘桓，落叶萧萧下，一望无涯。长江滚滚涌来，奔腾不息，飘泊万里，常为异乡客，触景生情，悲秋怀愁绪。人到暮年，多疾病，心忧忧独自登上高台。时世艰难，遗恨多，霜雪鬓发，日日增。困顿潦倒，心灰冷。因病停酒，不碰杯。

【赏析】

　　这首诗是大历二年（767）杜甫在夔州时所作。前四句写登高所见，气象苍凉恢廓。首联从细处选择六种景物组成一个画面；秋风凄紧、蓝天高远、猿声悲哀；水清、沙白、群鸟回旋低飞。耳闻而目见，俯仰之间，犹如身临其境。颔联的"落木萧萧"引起诗人"悲秋"，"长江滚滚"引起诗人的身世感慨。后四句抒情，写登高的感慨。颈联描写登高的情怀，抒写自己常年远离家乡异乡为客，孤独登台逢秋生悲，沦落不遇，暮年多病的感慨。全诗沉郁苍凉，感人至深，明胡应麟推此诗为"古今七律第一"。

登 楼

花近高楼伤客心，万方多难此登临。
锦江春色来天地，玉垒浮云变古今①。
北极朝廷终不改②，西山寇盗莫相侵③。

可怜后主还祠庙④，日暮聊为《梁甫吟》⑤。

【注释】

①玉垒：山名。在成都西北。变古今：指古今政局如浮云时时变幻。

②北极：北极星，比喻朝廷中枢。

③西山寇盗：指吐蕃。

④后主：指刘备的儿子刘禅。

⑤《梁甫吟》：《三国志》载，诸葛亮居隆中时，"好为《梁甫吟》"。此处指感怀伤时的诗作。

【译诗】

我独自登上高楼。我孤独的双眼，痴望着，苦难的大地。虽然眼前一片繁花似锦，可我的心，却更加悲哀。锦江秀丽的春色，是天地的造化，年年常新。玉垒山漂浮的白云，不管岁月的流逝，依旧漂忽，依旧变化无定。圣朝的气运，不会改变，就像永恒的北极星，永远光耀无比。而边陲的寇盗，纵然垂涎我大好河山，终归是徒劳的觊觎。可怜昏庸的刘禅，误了国家，误了天下，只留下空空的祠庙。悲叹呀，英雄的业绩，早已过去。我只有，反复吟诵高洁的《梁甫吟》，排遣我心中的幽愤。在这日暮的黄昏，在这悲伤的时刻。

【赏析】

这首诗是杜甫在代宗广德二年（764）春，从阆中回到成都时写的。当时吐蕃不断侵扰，代宗昏聩无能，宠信宦官程元振、鱼朝恩等人，朝政更加腐败，因而杜甫以登楼所见，借刘禅任用宦官黄皓导致亡国的历史教训来抨击时政，讽谏代宗。作者在万方多难之时登楼，见花伤心，无心观赏，而是感时伤古，展示了其忧国忧民的胸襟。全诗由登高而即景抒情，情景交融，寄慨遥深。

宿 府

清秋幕府井梧寒①，独宿江城蜡炬残。

永夜角声悲自语，中天月色好谁看。

风尘荏苒音书绝，关塞萧条行路难。

已忍伶俜十年事②，强移栖息一枝安。

【注释】

①幕府：古时行军，以帐幕为府署，故称幕府。

②伶俜：困苦的样子。

【译诗】

清冷的秋风，吹落梧桐，一片凄寒，只有蜡烛的残光，照着我，宦海的忧患，漂流的孤单，长夜难明，号角声声，诉说着无尽的伤感，明月高挂，谁与我分享，谁与我同看，光阴荏苒，哪里寻觅，亲人的音信？关塞一片萧条，迢迢千里路，哪里，是我的故乡，我已经忍受了，十年的漂零，可我还要，继续漂零，漂零在一个个，一个个栖身的地方。

【赏析】

　　此诗作于广德二年（764）秋，当时作者在严武幕府中任节度参谋。诗中抒写的感情还是伤时感事，表现作者对于国事动乱的忧虑和自己飘泊流离的愁闷。正是始终压在诗人身上的愁苦使诗人无心赏看中天美好的月色。三联具体写出了诗人对风尘荏苒、关塞萧条的动乱时代的忧伤。末联虽写"栖息一枝安"，但仍然是为自己辗转流离愁闷。总之，诗人当时境遇凄凉，十年飘泊辗转，诗风沉郁。

阁　夜

岁暮阴阳催短景①，天涯霜雪霁寒宵②。
五更鼓角声悲壮③，三峡星河影动摇④。
野哭千家闻战伐⑤，夷歌数处起渔樵⑥。

卧龙跃马终黄土⑦，人事音书漫寂寥⑧。

【注释】

①阴阳：日月。景：日影，指白天。冬天日短夜长，故称"催短景"。

②霁：天晴。此形容寒夜雪光的明亮。

③五更：古时将一夜分为五更，五更即近天明。鼓角：战鼓号角。

④星河：银河。

⑤野哭千家：指人民在战乱中死亡惨重。

⑥夷歌：指当地少数民族歌曲。起渔樵：起于渔人樵夫之中。

⑦卧龙：指诸葛亮。《三国志·蜀书》中有"诸葛孔明，卧龙也"之语。跃马：指公孙述。左思《蜀都赋》中有："公孙跃马而称帝"之句。黄土：喻死亡。

⑧人事：指平生遇合及眼前生涯。漫寂寥：听任其寂寥。

【译诗】

阴阳交替，催逼着残冬短促的白昼。霜雪初霁，寒夜笼罩着荒远的天涯。破晓时分军营中鼓角回响声音，多么悲壮；碧净的夜空星光映在三峡，是水流把它们的影子荡漾。是什么牵连着千家万户，牵连着荒野中揪心

379

的痛哭，是可怕的战争，是人为的血流。是何处传来悠扬的回声，是渔夫唱起的山歌，阵阵起伏。啊！英雄的业绩终是一抔黄土。我何必介意，书信的寂寥，人间的萧落。

【赏析】

这首诗作于766年冬，当时作者寓居夔州西阁。诗中前四句写景，尤其是"五更鼓角声悲壮，三峡星河影动摇"两句写得很有气势，很有境界，历来视为名句。五、六两句写闻野哭之声，想到战乱中百姓流离失所，心情十分沉重。最后两句写诸葛亮和公孙述同样埋黄土，贤愚不分，联想到自己漂泊寂寥，真是愁绪满怀。

全诗写得悲壮沉重，为杜甫七律的名篇之一。苏东坡评这首诗为"七言之伟丽者"。

咏怀古迹（五首）

其 一

支离东北风尘际①，漂泊西南天地间。

三峡楼台淹日月，五溪衣服共云山。

羯胡事主终无赖②，词客哀时且未还③。

庾信平生最萧瑟，暮年诗赋动江关④。

【注释】

①支离：颠沛流离。风尘际：指战乱时期。

②羯胡：古代北方少数民族。这里指安禄山。终无赖：指安禄山蓄谋发动了叛乱。

③词客：指庾信，又暗喻自己。

④庾信：南北朝时期的诗人。初仕梁朝，梁元帝派庾信出使西魏，适逢西魏攻梁，被留北朝达二十七年之久。

【译诗】

战乱骤起，我只有四处流离在天地间漂泊。我滞留

在三峡两岸，不知今夕是何年。我与异族同居，整日面
对重重的云山。可恨的胡虏，时时觊觎我赤县神州，随
时背信弃义，最是无赖。无比的悲哀，悲哀这混乱的时
代，有家不能回还。庾信一生多么凄惨，他晚年的悲恸
化着篇篇诗赋，震撼了江关。

【赏析】

　　这首诗中作者伤乱哀时，兼咏庾信。支离飘泊写出
诗人一生的不幸，从"淹日月"到"且未还"写诗人思
乡之情，诗末作者以庾信自比，庾信滞留北魏，作者则
漂泊西南，同样不能返回家园，同样有故国之思，同病
相怜，不能不感慨万千。全诗笔调悲凉深沉，凄婉动
人，堪称隽永佳品。

其　二

　　　　摇落深知宋玉悲①，风流儒雅亦吾师。
　　　　怅望千秋一洒泪。萧条异代不同时。
　　　　江山故宅空文藻，云雨荒台岂梦思②。
　　　　最是楚宫俱泯灭，舟人指点到今疑。

【注释】

　　①宋玉：战国时楚人，为屈原之后杰出的辞赋家。

　　②云雨：宋玉《高唐赋》："昔者先王尝游高唐，梦

见一妇人，曰：妾巫山之女也。王因幸之，去而辞曰：妾在巫山之阳，高丘之岨，旦为朝云，暮为行雨，朝朝暮暮，阳台之下。旦朝视之，如言。故为立庙，号曰朝云。"

【译诗】

你风流，你儒雅，你是我敬慕的大师，你悲叹草木的凋零，是抒发自己的伤感，你与我同样落寞，纵然，我们，生长在不同的时代，怅望滔滔江水，回想往昔岁月，我只有无限悲哀，你的故居依然存在，可你，却枉然留下斐然的文采，你描绘的云雨荒台，难道只是说梦，作品中蕴含的讽谏，谁能知晓，谁能理解？感慨呀，无尽的感慨，楚国早已泯灭，楚宫早已消逝，可至今，过往的舟船上，船夫们仍在指点，仍在疑猜。

【赏析】

这首诗咏宋玉。对宋玉的不得志深表同情，恨不能与他同时而生。对他的文学成就极加赞颂，引以为师。以"云雨荒台"事写其风流儒雅。将楚宫的泯灭与宋玉的文采犹存作鲜明的对照，突出了他在文学上的贡献，对他表示了深深的敬意，也借以抒发自己的哀伤。

其 三

群山万壑赴荆门，生长明妃尚有村①。

一去紫台连朔漠，独留青冢向黄昏。

画图省识春风面②，环珮空归月夜魂。

千载琵琶作胡语，分明怨恨曲中论。

【注释】

①明妃：王昭君，名嫱，汉元帝宫人。村：指昭君村，在荆门山附近。

②此句意为仅凭图像，岂能辨识美人？《西京杂记》载，汉元帝后宫既多，使画工图形，案图召幸，诸宫人皆赂画工，王嫱不肯，遂不得见。

【译诗】

穿过千山万壑，奔流的江水一直奔向荆门。这遥远的地方是美丽的昭君生长的村庄。可怜她，离开汉宫踏入渺远的荒漠，最终只留下青冢一堆，永远永远孤独在凄凉的黄昏。糊涂的君王依据画像辨别美丑，怎不把虚假变成真实。可怜昭君遗骨塞外，只能魂魄空空，飞回故土。啊！千百年来琵琶声声回荡在空中，分明是：昭君无穷的怨恨，永恒的诉说。

【赏析】

这首诗咏昭君。首联着重描绘昭君故乡的自然环境，用一个"赴"字写出丛聚在三峡一带的山岭，势若奔驰的生动姿态，很有气势。随即感叹王嫱人逝村存，点出题意。次联紧接人逝村存之意，竭力渲染昭君生前及死后的凄凉。三联先述汉元帝的昏庸，次写昭君不忘故土，魂魄夜归。这里用一个"空"字，以突出昭君遗恨之深，并深寓诗人的同情。末联以琵琶乐曲将昭君的怨恨传之千载收束全诗。诗写得含蓄委婉，耐人寻味。沈德潜评这首诗，"咏昭君诗此为绝唱，余皆平平"。

其 四

蜀主窥吴幸三峡，崩年亦在永安宫^①。

翠华想像空山里，玉殿虚无野寺中^②。

古庙杉松巢水鹤，岁时伏腊走村翁。

武侯祠屋常邻近，一体君臣祭祀同。

【注释】

①蜀主，指刘备。窥吴，指刘备率兵攻东吴。幸，临幸，犹言驾到。

②翠华：指皇帝仪仗。

【译诗】

刘备出兵伐吴，驻扎在三峡。无奈战败未还，死在永安宫。昔日翠旗飘扬，空山浩浩荡荡；如今一片虚无，宏伟的殿堂变成破败的寺庙，在荒野中任凭风雨飘摇。古庙里杉松挺立，水鹤在杉松上栖息。村民举行隆重的祭祀，根据传统的时令。看吧，先主庙毗邻的武侯祠，一样香火大缭绕，一样受到人们世世代代的供奉。

【赏析】

此诗咏怀蜀先主刘备，以寄君臣相契之怀。

诗歌先叙刘备进袭东吴兵败而死于永安宫。后叹刘

备的复汉大业一蹶不振：当年刘备的翠旗行仗现在只能
于空山中想象得之；当日之"玉殿"，亦荡然无存。诗
人歌颂了刘备生前的事业，叹惋他大业未成身先去，空
留寺庙在人间的荒凉景色。末联赞刘备与诸葛亮君臣一
体，乃是此诗意旨所在。杜甫向往的就是这样一种君臣
鱼水相得的境界！

其 五

诸葛大名垂宇宙，宗臣遗像肃清高。

三分割据纡筹策，万古云霄一羽毛。

伯仲之间见伊吕①，指挥若定失萧曹②。

运移汉祚终难复，志决身歼军务劳③。

【注释】

①伊吕：伊尹及吕尚，伊尹辅佐商汤建立王业，吕
尚辅佐周文王、周武王治理天下。

②萧曹：指萧何、曹参。为辅佐刘邦建立汉朝的
谋臣。

③身歼：以身殉职。

【译诗】

名垂宇宙千古流芳，是大名鼎鼎的诸葛亮。一代宗
臣的清高，一代伟岸的人格，至今仍让人们无比敬仰，

只因他谋略高明策划精微，才形成三国鼎立三分天下。他犹如展翅高翔的鸾凤，自由飞舞在苍茫万古的云霄。他才华超绝与伊尹、吕尚难分高下。他从容自如指挥千军万马，纵然萧何、曹参在世也黯然无光。汉朝的气运已经衰落。诸葛英明也难以挽回。军务繁忙疾病死亡都改变不了，北伐的坚定志向。他虽死犹生，他永放光芒。

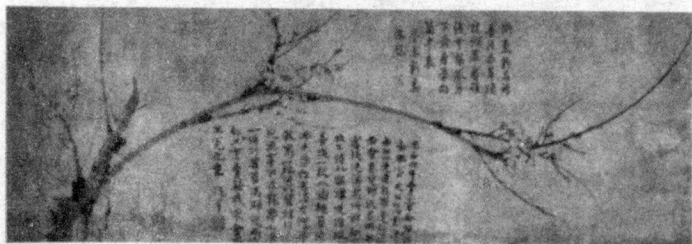

【赏析】

　　杜甫一生写有不少咏怀诸葛亮的诗篇，象"出师未捷身先死，长使英雄泪满襟"等都是人们耳熟能详的诗句。本诗主题极为鲜明，字字句句表达了诗人对诸葛亮推崇备致、无限崇敬的心情，真挚动人。其中如"垂宇宙"、"纡筹策"、"失萧曹"等用字，洗炼明快，活现了诸葛亮的高大形象和超绝才华。本诗气象浩大，气势雄浑，一韵到底。

刘长卿

江州重别薛六、柳八二员外

生涯岂料承优诏，世事空知学醉歌。

江上月明胡雁过，淮南木落楚山多。

寄身且喜沧洲近，顾影无如白发何！

今日龙钟①人共老，愧君犹遣②慎风波。

【注释】

①龙钟：衰老。

②遣：教。

【译诗】

漂零的我，万事早已参破。预想不到的恩惠，无非是虚幻的宦海沉浮。我只想浪迹天涯，我只愿醉酒狂歌。谁能阻止——江上升起的明月，飞掠夜空的鸿雁？谁能改变——瑟瑟秋风，树木凋落。我寄身在这辽远的地方，我自由，我欣喜。纵然白发丛生岂能让我徒然悲愁？我们已经衰老，我们步态龙钟。可你们还叮嘱我，谨慎那人间的风波。啊，这声声叮嘱，叫我多么惭愧，叫我多么感动。

【赏析】

此诗是刘长卿被贬南巴（今属广东）在江州告别薛、柳二位朋友之作。诗一开始就用反语以见讽意。貌似温和，实极愤激：本来就多年沦落，如今竟得到天子的"厚恩"！遭贬谪之日，正是大雁从胡地飞返、淮南木叶凋尽之时，尤足以使贬谪之人伤怀。颈联的上句说："寄身却喜沧洲近"，下句紧接着说"顾影无如白发何"，是对上句的否定。诗的末联写诗人对二位朋友关怀的感谢。纵观全诗，诗人牢骚满腹，写景抒情笔调低沉。

长沙过贾谊宅

三年谪宦此栖迟①，万古惟留楚客悲。

秋草独寻人去后，寒林空见日斜时。

汉文有道恩犹薄②，湘水无情吊岂知！

寂寂江山摇落处，怜君何事到天涯③？

【注释】

①谪宦：贬官。栖迟：久留。

②汉文：汉文帝。有道：英明。

③君：指贾谊。天涯：此指长沙。

【译诗】

你流落在此地，你贬谪在此地，你无限的悲伤，在异国他乡，千古回荡，你已经，永远离去，是我，远方的沦落人，踏着秋草的萧瑟，把你寻觅，哪里找你的足迹，只有，黯淡的斜阳，照出树林的寒冷，为何对你如此薄情，是你该受的命运，还是文帝对你，疏离，湘水无情，怎知道，我凭吊你的一片，深情，江山已经沉寂，草木已经摇落，更使我，无比悲恸，贾谊呵贾谊，你有什么罪过，为什么，被贬到，这荒僻的天涯？

【赏析】

这首诗是作者被贬南巴，途经长沙所作。诗借凭吊贾谊抒发自己的悲愤心情。贾谊因谗被贬，作者遭遇也一样。因此，为贾谊的遭遇而痛惜，而愤慨，而感叹，而哀怜，也就是抒发自己心中的郁积和悲愤。全诗吊古伤今、怀人抒怀，意境悲凉，真挚感人。

自夏口至鹦鹉洲，
夕望岳阳，寄元中丞

汀洲无浪复无烟，楚客①相思益渺然。
汉口夕阳斜渡鸟，洞庭秋水远连天。
孤城背岭寒吹角②，独树临江夜泊船。
贾谊上书忧汉室，长沙谪去③古今怜。

【注释】

①楚客：诗人自指。

②孤城：指汉阳城。岭：此指龟山。

③长沙谪去：指贾谊被贬为长沙王太傅。

【译诗】

没有风浪，设有烟霭，静静的汀洲，只有我，浩渺的思念，漂泊的影子。夕阳在横越江面的鸟雀上，流动。秋水溢出湖面，远远地连绵着天际。背山的孤城，号角吹出凄寒。临江的独树，夜里停着我的小船。贾谊上书，是赤子的忧患；从古至今，永恒的悲哀，是他的远谪，是他的辛酸。

【赏析】

这首诗写于作者在唐肃宗至德年间任鄂岳转运留后

任内。诗中对被贬于岳阳的元中丞，表示怀念和同情。
前六句主要是描绘江乡浩渺静谧之景。末两句"贾谊上
书忧汉室，长沙谪去古今怜"为劝慰元中丞语。全诗语
言圆熟，意境开阔，结构紧密，是艺术上较成熟的
作品。

钱 起

赠阙下裴舍人

二月黄鹂飞上林，春城紫禁晓阴阴。

长乐钟声花外尽，龙池柳色雨中深。

阳和①不散穷途恨，霄汉常悬捧日心。

献赋十年犹未遇，羞将白发对华簪。

【注释】

①阳和：春天和暖的太阳。

【译诗】

春天来了。快乐的黄鹂，翩翩飞舞，飞上了上林
苑。春天来了。晨风吹拂，春意朦胧着紫禁城。长乐宫

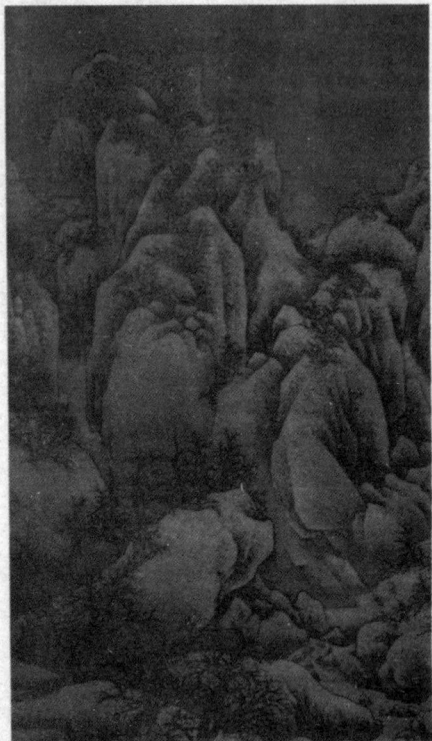

钟声阵阵，绵延着消逝前的轻脆；龙池柳色青青，细雨
中更加苍翠。和煦的阳光暖不了我的身躯。散不了我的
怅恨，纵然我一片忠心，纵然我无比赤诚。我十年未见
恩遇，我才华付诸东流，面对那般达官显贵，我满头花
白的头发，令我无比羞愧。

【赏析】

　　这是一首投赠诗。作者落第期间作了这首诗。寄赠
裴舍人向他陈情请求援引。诗的前半部分描绘宫中热闹

的春景，以陪衬裴舍人显贵的地位。诗的后半部分抒写自己心向朝廷，愿为皇上效忠，却多年未遇，向裴舍人陈述心事。

韦应物

寄李儋元锡

去年花里逢君别，今日花开又一年。

世事茫茫难自料，春愁黯黯独成眠。

身多疾病思田里①，邑有流亡愧俸钱。

闻道欲来相问讯，西楼②望月几回圆。

【注释】

①田里：田园、家乡。

②西楼：此指滁州西楼。

【译诗】

去年那花开的时节，我与你，依依相别。如今又是花开的时节，可我们已经分别了一年。

世事渺茫，自我的命运，怎能预料？只有黯然的春愁，伴随我孤独的，存在。多病的身躯，拖起我对田园的思念。我伤心，我惭愧流亡的百姓，四处流亡，我却领着，国家的俸钱。早听说你要来与我想见，我每晚，在西楼盼望看到的，只是月亮缺了又圆，圆了又缺。

【赏析】

这首诗表现了作者感怀时事，思念友人的情怀。首联意在说明花落花开，别来不觉又是一年。中间两联即景生情，写一年来的感受。世事渺茫难料，因而愁绪萦怀；从自身来讲，既多病而思归，又为没有能做好父母官而自愧。最后一联表示渴望和友人畅叙。全诗章法严密，对仗工整，用语婉转，为七律中名篇。宋代范仲淹读此诗后，曾感动不止，叹之为"仁人之言"。

韩 翃

同题仙游观

仙台初见五城楼，风物凄凄宿雨①收。
山色遥连秦树晚，砧声近报汉宫秋。

疏松影落空坛②静，细草香生小洞幽。

何用别寻方外③去，人间亦自有丹丘。

【注释】

①宿雨：隔夜雨。

②坛：观内祭神的台子。

③方外：世外。此指神仙居处。

【译诗】

宿雨初收，风物凄清，我来到仙游观，我看到五城楼。远处，山色与树影连绵；是捣衣的砧声划破黄昏的宁静。秋天已经来临。松影疏落，道坛空寂，细草散发芳香小洞多么幽深。何必寻求，超越人间的方外之境，人间自有，人间的仙境。

【赏析】

这是一首游览题咏的诗。诗的前三联描绘了仙游观内外远近景物：作者见到仙游观，正是宿雨初收、风物凄清的时候。暮霭中，山色与秦地的树影遥遥相连，捣衣的砧声，似在报告着汉宫进入了秋天。疏疏落落的青松投下纵横的树影，道坛上空寂宁静，细草生香，洞府幽深。诗的末联写作者游览道观的感想：何必再去寻找方外之地，人世间本来就有这样的仙境！整首诗，有远景，有近景，着力刻画的是道观幽静的景物。全诗声韵和谐，读来琅琅上口。

皇甫冉

皇甫冉（716～769），字茂政，安定（今甘肃泾川北）人，寓居丹阳（今江苏南京）。天宝十五年进士及第，授无锡尉。大历初，王缙为河南节度使，辟掌书记。后入为左金吾卫兵曹参军，仕终右补阙。喜与方外交游，诗中多写宦游飘泊的感慨和山水隐逸的闲情。《全唐诗》录存其诗二卷。

春 思

莺啼燕语报新年，马邑龙堆路几千？
家住层城邻汉苑①，心随明月到胡天②。
机中锦字论长恨，楼上花枝笑独眠。
为问元戎窦车骑，何时返旆勒燕然？

【注释】

①层城：指京城长安。因其有内外两城，故曰"层

城"。汉苑：代指唐林苑。

②胡天：指上文马邑、龙堆。

【译诗】

黄莺啼唱，燕子呢喃，温暖的春天来了。可我的丈夫，从军在千里外的边疆。春风吹拂我的高楼，春风吹绿了汉宫。我的心已随着明月，漂到了遥远的地方。谁了解我的悲痛？只有，锦织的诗文诉说你我离别的哀愁。你可知道高楼上的花枝，都在，嘲笑我的孤独，我的空屋。请问，窦大将军何时才能战胜敌人，何时才能凯旋归来？

【赏析】

本诗描写新春时节妻子思念出征的丈夫。诗中以莺啼燕语，楼上花枝等春天景物的描写，去反衬和烘托思妇的深情怀念，很为感人。"楼上花枝笑独眠"一语，显见得少妇思念丈夫，夜不能眠。末二句问语似痴，实则活生生地写出了少妇渴望与丈夫一起过平和安定生活的愿望。

卢　纶

晚次鄂州

云开远见汉阳城，犹是孤帆一日程。

估客①昼眠知浪静，舟人夜语觉潮生。

三湘愁鬓逢秋色，万里归心对月明。

旧业已随征战尽，更堪江上鼓鼙②声！

【注释】

①估客：商贩。

②鼓鼙：泛指战鼓。此代指战争。

【译诗】

乌云已经飘散，汉阳依稀可见。孤独的帆船，载着我的悒郁。白天，风平浪静，只看见商人稳稳酣睡；夜晚，潮水上升，只听见船夫窃窃私语。朦胧的秋色，三湘一片萧瑟，我悲愁的心，空对着明月。纵然归心似箭哪里是我的故乡？漂泊！我的田园，我的家业，已随着战乱毁灭。我哪堪忍受，江上，传来的阵阵鼓声。

【赏析】

这首诗题下原注"至德中作",至德,是唐肃宗的年号,可见作者当时是因避安史之乱由北南逃,途经鄂州,准备去三湘一带。诗的前四句写景:云雾散开,可见到远处的汉阳城,但这孤独的航船,还要走一天的路程。商贾们惯于在江湖上行走,知道现在江上风平浪静;作者半夜里听到船夫讲话,明白江上要涨潮了。诗的第二联写眼前所见所闻,细致曲折,向为人称赞。诗的后四句抒情:双鬓本已愁白,又逢三湘凄凉的秋色,故乡在万里之外,诗人的一片归心只能对月浩叹。旧时的田园家业已随着战乱毁灭,我那里受得了江上传来的阵阵鼓声啊!前人评此诗为"有情景,有声调,气势亦足"。

柳宗元

登柳州城楼,寄漳、汀、封、连四州刺史

城上高楼接大荒,海天愁思正茫茫。

惊风乱飐①芙蓉水，密雨斜侵薜荔墙。

岭树重遮千里目，江流②曲似九回肠。

共来百粤文身地，犹自音书滞一乡。

【注释】

①飐：吹。

②江流：此指柳江。

【译诗】

高楼，连接着四野，一片荒凉。我悲愁的心绪，像大海苍天一片茫茫。狂风骤吹吹皱了，乱晃的荷花；密雨斜洒洒透了，长满薜荔的城墙。山峦叠嶂，树木参天挡住了我的视野；江流曲回，江水蜿蜒犹如我九转不解的愁肠。我们都流落在荒凉的百越——这断发文身的地方。可我们却彼此隔绝，各自滞留在一乡，连书音都不能通畅。

【赏析】

柳宗元等人被贬远州司马十年，于元和十年（815）召回长安，又重遭打击，出任柳州刺史。柳宗元初到任所，写了这首诗，寄给与他一起被贬的朋友们。

诗从"愁"字着笔，层层下翻。首联写登楼纵目，愁思深旷，寄寓着对友人深切的怀念，点明题意。

二联写近看盛夏景物，有感于花草被风雨摧残，牵动愁肠。

三联写远望友人所在之地，岭树重遮，江流阻隔，加深了愁怀。末联感叹音信难通，以被贬万里荒僻之地而愁怨作结。

全诗画面悲壮，感情深沉。

刘禹锡

西塞山怀古

王濬楼船下益州，金陵王气黯然收。
千寻铁锁沉江底，一片降幡出石头。

人世几回伤往事，山形②依旧枕寒流。

从今四海为家日，故垒②萧萧芦荻秋。

【注释】

①山形：指西塞山。

②故垒：指三国时吴国在西塞山留下的军事营垒。

【译诗】

从益州出发，王濬率领浩荡的战船，顺流东下。显赫无比的金陵王气，骤然失色。冲天的大火，溶毁了百丈铁锁，一堆堆废铁，沉入江底。石头城上举起了降旗，宣告，东吴已经灭亡。啊！人间兴亡人世盛衰，只能让后世徒劳悲叹。山岳依然高高矗立，江河依然自由奔流。看今日的世界，天下一统，四海一家。昔日的营垒，已变成一片废墟。只有芦获在秋风中飘摇。

【赏析】

唐穆宗长庆四年（824），诗人由夔州调任和州刺史，途经西塞山，感于时事，写了这首诗。诗的前四句，以雄浑的笔触，描绘了西晋水师沿江东下，势如破竹的浩大声势。后四句总结历史经验，借古讽今，从孙皓以及后来的宋、齐、梁、陈也都相继覆亡的历史说明，地形不足恃，"王气"不足凭。结尾以旧时遗留下来的营垒荒凉残破的景色，来警告当世拥兵自重，凭险割据的藩镇。全诗富于哲理并且充溢着一种苍茫的历史感。

元　稹

　　元稹（779～831），字微之，河南府（今河南洛阳市）人。十五岁明经及第，授校书郎。后任左拾遗，监察御史。早年因与宦官及守旧官僚斗争，贬江陵士曹参军。后官至宰相。卒于武昌军节度使任所。

　　元稹是新乐府运动重要作家之一，与白居易齐名，世称"元白"。文学主张与白居易相若，"凡所为文，多因感慨。故自古讽诗重古今乐府，稍存寄兴，颇近讴谣"（《进诗状》），他的诗歌在一定程度上能反映现实，揭露统治者的荒淫腐朽，同情民生疾苦。有的作品，写得精警清峭，有独到之处。但总的成就与白居易有一定距离。有《元氏长庆集》传世。

遣悲怀（三首）

其　一

谢公最小偏怜女，自嫁黔娄百事乖。

顾我无衣搜荩箧，泥他沽酒拔金钗①。

野蔬充膳甘长藿，落叶添薪仰②古槐。

今日俸钱过十万，与君营奠复营斋。

【注释】

①泥：软缠。沽酒：买酒。

②仰：仰仗，依靠。

【译诗】

我亲爱的亡妻啊韦惠丛，你多么聪敏多么贤惠。你如同谢公最小最受偏爱的女儿，嫁给我这个贫士百事不顺。你见我没有换洗的衣衫，你四处搜找不惜翻箱倒柜。你慷慨拔下头上的金钗，满足我的恳求将酒买回。你用豆叶野蔬充饥，你吃得清香吃得甘美。你用落叶作薪，你用枯枝作炊。举世难觅呵我生命的伴侣，如今你已离开人世，我却，独自享受富贵。悲叹呵无可预料的人生。我只有奉献我的祭品，为了寄托我的深情，超度你的灵魂。

【赏析】

　　本诗回忆往事，叙述家常琐事，不加渲染，然而极为生动具体，极为感人。读此诗，元稹对亡妻情爱之深，足以让人感动不已。

其 二

　　昔日戏言身后意^①，今朝都到眼前来。

　　衣裳已施行看尽^②，针线存未忍开。

　　尚想旧情怜婢仆，也曾因梦送钱财。

　　诚知此恨^③人人有，贫贱夫妻百事哀。

【注释】

　　①戏言：此指夫妻间开的玩笑。身后意：死后事。

　　②施：给人东西叫"施"。行看尽：眼看就要完了。

　　③此恨：指夫妻死别之恨。

【译诗】

　　还记得吗？往昔我们的戏言——我们身后的安排，如今都一一展现在眼前。你穿过的衣裳，已经施舍，已经流散；你留下的针线，我一直封存，不忍相看。想起过去的恩情，我对婢仆也格外怜爱；想起过去的贫困，我梦中为你送去钱财。谁不知，夫妻永诀，人人都会伤怀。我们呵，我们贫贱夫妻，百样事情，百样悲哀。

【赏析】

这首诗仍叙述家常琐事，写妻子从死后到生前之情事，表达对妻子深挚的哀悼之情：

妻子在世时，诗人曾与她戏言身后之事，没想到一切都变成了事实！妻子穿过的衣服大多数施舍给别人了，妻子留下来的针线，诗人把它们封存起来，不忍再看——以免睹物伤情。然而诗人仍然遏制不住地要思念亡妻：看到婢仆，诗人就会想起亡妻，因而对婢仆也格外爱怜；醒时思念，梦中也思念。诗人虽然知道夫妻永诀是会使人人伤怀的事情，又怎堪回想诗人与妻子当时过的贫贱生活啊！

诗歌就是以这些细微之事来表达哀悼之情的。思念亡妻之情，如春蚕吐丝，丝丝缕缕，缠着失神的诗人。

其 三

闲坐悲君亦自悲，百年①多是几多时？

邓攸②无子寻知命，潘岳③悼亡犹费词。

同穴窅冥何所望？他生缘会更难期④。

唯将终夜长开眼⑤，报答平生未展眉。

【注释】

①百年：一生。

②邓攸：西晋人，曾任河东太守，永嘉末遇石勒之乱，逃难中舍子保侄，以至终生无子。

③潘岳：西晋诗人。其妻死后，曾作《悼亡诗三首》，为世传诵。

④他生：来世。缘会：重结姻缘。

⑤长开眼：指整夜不睡。

【译诗】

我闲坐难安，我愁思不断。我悲叹你的早逝，我悲叹我的孤寂。人生短暂，人生能活几时？邓攸没有后代，自知是命运的安排；潘岳悼念亡妻，只是徒然的悲鸣。夫妻合葬，多么渺茫的想往；来世结缘，多么虚幻的企望。我只能睁着双眼，整夜把你思念。我们一片痴情，只想补偿你生前的缺憾？实现你生前的愿望。

【赏析】

这首诗仍是抒写诗人对亡妻的哀悼之情的，并立下了从现在到将来，不再娶妻的誓言。

诗人独自闲坐时愁思万端，既悲叹妻子，也悲叹自己。人寿有限，时光易过，诗人想不通的是为什么行善的邓攸没有子嗣，诗人自己也正如邓攸。诗人也悲叹潘岳的悼亡诗篇，亡人在地下不能知情。夫妇同死同葬既不可能，幻想结缘于来世，更是希望渺茫。诗人只有终夜睁着双眼思念亡妻，来弥补她生前愁眉未展的遗憾。

元稹这三首悼亡诗，哀婉动人，真有泪尽继之以血的深恸。"唯将终夜长开眼，报答平生未展眉"一语，词苦情挚，读之令人酸鼻。后人论悼亡诗，都推此三首诗为冠，是允当的。

令人遗憾的是，元稹并没有实践他的誓言——他后来还是娶了妻子了！

白居易

自河南经乱，关内阻饥，兄弟离散，各在一处。因望月有感，聊书所怀。寄上浮梁大兄、于潜七兄、乌江十五兄，兼示符离及下邽弟妹①

时难年荒世业空，弟兄羁旅各西东。

田园寥落干戈后②，骨肉流离道路中。

吊影分为千里雁，辞根散作九秋蓬。

共看明月应垂泪，一夜乡心五处同。

【注释】

①阻饥：艰难饥荒。

②干戈：古代的两种兵器，此代指战乱。

【译诗】

荒年毁灭了我祖传的家业，战乱荒芜了我故家的田园。一片仓皇——我的兄弟我的骨肉只有四处奔徙，各自东西。我们像分飞的孤雁，我们像断根的蓬草，任秋风吹打我们的形影，吹遍我们漂零。无所归依——只有，天上的明月照着我们伤心的泪，唤起我们思乡的情。分散的亲人呀，何时，才能团聚？

【赏析】

此诗大概作于唐德宗贞元十六年（800）秋天。贞元十五年（799）春，宣武节度使董晋死后部下叛乱，接着申、光、蔡等州节度使吴少诚又叛乱，唐王朝分遣十六道兵马去攻打，战事大都发生在河南境内。当时南方漕运主要经过河南输送关内，由于"河南经乱"，交通断绝，使得"关内阻饥"。诗人伤时念乱，思亲思乡，写下了此诗。

诗人准确地描写了动乱时期田园荒芜、骨肉流离的情景；表现了战乱给人民带来的灾害，反映了当时的社会现实。全诗语言浅近，如叙家常，但浅而有致，淡而有味，能于朴实无华的诗句中间蕴含深切的感情。

蘅塘退士评此诗："一气贯注，八句如一句，与少陵《闻官军》作同一格律。"

李商隐

锦　瑟

锦瑟无端五十弦，一弦一柱思华年①。

庄生晓梦迷蝴蝶②，望帝春心托杜鹃③。

沧海月明珠有泪，蓝田日暖玉生烟。

此情可待成追忆，只是当时已惘然。

【注释】

①锦瑟：瑟是中国古代一种弦乐器，类似于筝，声调低沉悲凉。

②庄生：即庄周。

③望帝：蜀国上古帝王，名杜宇，死后魂魄化为杜鹃，悲啼泣血。

【译诗】

听那锦瑟上五十根银弦，弦弦诉说对往昔的思念。庄周翩翩起舞，睡梦中已化为蝴蝶。望帝思乡心切，一片思念托付给杜鹃。海上升起明月，美人鱼的眼泪，变成了珍珠。蓝田的美玉，阳光下耀眼无比，仿佛燃烧出轻烟，冉冉飞舞。追忆呵追忆那往昔的情景，可惜当时只是一片茫然。

【赏析】

这首诗以首句头两字标题，实际是无题诗。对于本篇的主题，历来众说纷纭，有"爱情"、"悼亡"、"音乐"等等。从诗意来揣摩，认为是自伤身世的说法还是占主流。

首联以锦瑟起兴，引起对"华年"的追忆，有无限伤感之意。颔联以庄周和杜宇的典故比喻自己道路坎坷，往事如梦幻一般。所遭遇的不幸，无处倾诉，只好如望帝托杜鹃诉说春心，自己托诗篇诉说不幸。颈联更以怀才见弃，理想破灭的切身感受，来抒发难言的隐痛。尾联慨叹一生遭遇、怅惘失意，心潮难平。

全诗运用比喻和象征，情意含蓄，感慨深长。

无 题

昨夜星辰昨夜风，画楼西畔桂堂东。

身无彩凤双飞翼，心有灵犀一点通。

隔座送钩春酒暖，分曹射覆蜡灯红。

嗟余听鼓应官去，走马兰台类转蓬。

【译诗】

那明亮的画楼，那温馨的桂堂，是星光的照耀，是春风的吹拂。昨夜多么令人难忘。没有凤凰的翅膀，不能在天空中自由飞翔。可我们的心像灵奇的犀角，永远相通。隔座行酒，美酒使我们陶醉；游戏猜谜，灯烛照红我们的面颊。可惜美境不能常在，更鼓催人我要应差离去。我漂泊的身躯，犹如飘转的飞蓬，随风飘转在官府兰台。

【赏析】

前人多把此首解为爱情诗。全诗仿佛是给人讲述一个爱情故事,约会、赴宴、分手,情节完整,故事也美丽动人。时间是昨夜,地点是"画楼西畔桂堂东",双方好像是脉脉含情,在宴会上互送秋波,传递爱情的欢乐。分手时诗人已经感慨于不能长相厮守了。"身无彩凤双飞翼,心有灵犀一点通"一联为千古流传、脍炙人口的佳句。

隋 宫

紫泉宫殿锁烟霞,欲取芜城作帝家。

玉玺不缘归日角,锦帆应是到天涯①。

于今腐草无萤火,终古垂杨有暮鸦。

地下若逢陈后主,岂宜重问《后庭花》?②

【注释】

①玉玺:历代帝王之印,是帝王的象征。日角:指唐高祖李渊。

【译诗】

长安数不清的殿阁,弥温着一片烟霞;艳丽的扬州，行宫无比豪华。若不是，李渊夺取天下，杨广的龙舟已游遍了天涯。昔日放萤的宫苑，如今，已是腐草丛生萤火绝灭。当年繁华的隋堤，如今，一片萧落只有低垂的杨柳和归巢的乌鸦。如果荒淫的杨广在地下，与陈后主相遇，难道还有心，欣赏淫逸丧国的《后庭花》。

【赏析】

《隋宫》二首，是作者于大中十一年（857）任盐铁推官，游江淮时，目睹南朝和隋宫故址，有感而作。这一首写隋炀帝为了寻欢作乐，无休止地出外巡游，奢侈昏庸，开凿运河，建造行宫，劳民伤财，终于为自己制造了亡国的条件，成了和陈后主一样的亡国之君。讽古是为鉴今，诗人把隋炀帝当作历史上以荒淫奢华著称的暴君的典型，用以告戒晚唐的那些荒淫腐朽、醉生梦死的统治者。

无题（二首）

其 一

来是空言去绝踪，月斜楼上五更钟。
梦为远别啼难唤，书被催成墨未浓。

蜡照半笼金翡翠，麝熏微度绣芙蓉。

刘郎已恨蓬山远，更隔蓬山一万重①！

【注释】

①刘郎：指汉武帝刘彻，他曾派人前往东海寻找蓬莱山仙人求药，但终无所成。

【译诗】

你来了都听不到你的声音　你去了都没有留下你的足迹。你仿佛高楼上斜月的影子，一片空寂一片朦胧。你如同拂晓长鸣的钟声，声音渐渐远去。苦涩的分离，分离刺痛我的心，梦中我呼唤，呼唤远别的你。我多么无奈，我已不能等待。只有急切的，书信表达急切的，思念。蜡烛的微光，映出你帷帐的幽暗。你淡淡的馨香，依稀在绣被飘散。蓬山仙境多么遥远，痴迷的刘郎，只有徒然怅恨。可一万重蓬山，阻隔在你与我之间。

【赏析】

这首诗写的是对远方情人的思念。首二联写梦中与爱人相会，为离别啼哭，醒后急切写信。三、四联写醒后的思念。其中三联是写主人公再也不能安眠，辗转反侧，忧思愁苦。末联是写自己离情人越来越远，深感怨苦。全诗构思精巧，情感浓挚，意境深婉，蕴藉感人。

其 二

飒飒东风细雨来，芙蓉塘外有轻雷。

金蟾啮锁烧香入，玉虎牵丝汲井回。

贾氏窥帘韩掾少，宓妃留枕魏王才①。

春心莫共花争发，一寸相思一寸灰。

【注释】

①"贾氏窥帘"句：此用晋代贾充女儿私通韩寿故事。"宓妃留枕"句：用曹植《洛神赋》和李善注之典。曹植早年曾求娶甄氏为妃，但曹操却将她许给曹丕。后甄妃被谗致死，曹丕将她的遗物玉带金镂枕送给曹植。曹植离京归藩至洛水，梦见甄后对他说："我本托心君王，其心不遂。此枕是我在家时从嫁，……今与君王。"曹植感其事而作《洛神赋》。宓妃：传说是伏羲氏之女，溺死于洛水，遂为洛神。

【译诗】

濛濛细雨随着飒飒东风洒落，阵阵轻雷响彻芙蓉塘外。纵然金蟾啮锁，香烟也会袅袅飘透她的闺房。井水虽然再深，手摇辘轳她牵引井绳也可把水打回。贾氏窥探窗帘，是爱恋韩寿的痴情；宓妃赠送玉枕，是钦慕曹植的诗才。爱情的种子呀，不要和春花争竞开放。寸寸的相思，会化为寸寸的尘灰。

【赏析】

此诗抒写了一位幽闺中的女子对爱情热切的追求和失意的痛苦。

诗的首联以凄迷的春景衬托女子的愁苦和怅惘：东风飒飒送来细雨阵阵，芙蓉塘外响着一声声的轻雷。领联写在这迷濛的春雨中，这位女子怅然若失之情：她寂寞幽居，手摇玉饰的辘轳，独自汲水返回。这位女子为何这般怅然？第三联写出了缘由：贾氏暗恋韩寿，宓妃赠枕与曹植。韩寿英俊，曹植多才，女子思念的男子兼有英俊之貌和迷人之才，使她倾慕，使她相思。

然而最后还是水月镜花，于是有末联"一寸相思一寸灰"的苦痛。

筹笔驿

鱼鸟犹疑畏简书，风云常为护储胥①。

徒令上将挥神笔，终见降王走传车②。

管乐有才真不忝，关张无命欲何如。

他年锦里经祠庙，梁父吟成恨有余③。

【注释】

①疑：恐怕。推测之词。简书：书于竹简的军中文书。

②上将：主帅。指诸葛亮。降王：指蜀后主刘禅。传车：驿站专用车辆。

③锦里：即成都。城南建有武侯祠。

【译诗】

诸葛亮你执法如山，连鱼鸟都感到畏惧。风云般神奇的力量，守护着森严的军营，纵然你英明无比，纵然你神机妙算，也是枉然。君不见，昏庸的后主，最终成了晋军的俘虏。

你的才华超凡盖世，完全比得上管仲乐毅。无奈关张命归黄泉，你除了悲哀只有悲哀，从前我路过成都，看到你庄严的形象。敬畏之余我写下篇篇诗赋，心中无限感慨无限悲伤。

【赏析】

这是一首吊古诗。以简炼的笔墨写自己来到筹笔驿的感受。诗中盛赞诸葛亮的政治、军事才能，为他未能统一中国而感到惋惜；同时对懦弱昏庸、终于投降魏国的刘禅加以贬斥。

全诗把抒情和咏史二者很好地融为一体，很有韵味。

无　题

相见时难别亦难，东风无力百花残。
春蚕到死丝方尽，蜡炬成灰泪始干。
晓镜但愁云鬓改，夜吟应觉月光寒①。
蓬山此去无多路，青鸟殷勤为探看②。

【注释】

①晓镜：早晨揽镜梳妆的略语。
②青鸟：传说中西王母所饲养的神鸟。

【译诗】

难得的相见，离别时更是难舍难分。东风无力百花凋落，令人多么伤感。春蚕吐完最后一丝，才结束自己的生命。蜡烛流完最后一滴眼泪，才全部化为灰烬。清晨你揽镜顾影，只怕鬓发显示衰老。夜晚你在月光下吟诗，会感到寒气的侵扰。蓬山已经不远了，更何况殷勤的青鸟，在为我探问。

【赏析】

虽曰"无题"，本诗却明显是写爱情、写离别相思的。诗中首联从别离的痛苦写起，以暮春时节百花凋零予以烘托。二联以春蚕和蜡炬为喻，表示诗人相思的热烈和至死不渝的感情。三联写对方的相思，由己及人，以设想的语气，假想对方相思之苦，表现对情人的体贴，更衬出诗人之一往情深。本联是利用神话传说，表示希望有人传递消息，以慰渴思。

全诗构思新颖巧妙，意境优美动人，情思深沉绵邈。前四句都是脍炙人口，千古传唱的名句，一、二句平常中见不朽，三、四句古今称颂，整首诗实为一流佳作。

春　雨

怅卧新春白袷衣，白门寥落意多违①。
红楼隔雨相望冷，珠箔飘灯独自归②。
远路应悲春晼晚，残宵犹得梦依稀③。
玉珰缄札何由达，万里云罗一雁飞④。

【注释】

①怅卧：惆怅地躺着。白袷：夹衫。白门：金陵的别名。今南京市。一说是男女幽会的地方。寥落：寂寞貌。意多违：很不如意。

②红楼：指女方原来的住处。珠箔：珠帘。

③晼晚：日落的形容词。这里借用来形容春天即将过去。残宵：夜将尽，天将亮时。依稀：恍惚迷离。

④玉珰：玉制的耳坠。缄札：书信。何由达：怎么能够到达对方那里。云罗：密布如网罗的云层。雁：指捎带书信的人。

【译诗】

寒冷的初春，我多么惆怅。眼前一片寥落的景象，令我万分感伤。濛濛的细雨，飘洒在她的红楼，我只看见清冷茫茫。我只有黯然归去。风，依旧吹动珠帘，

灯，依旧依稀闪烁。凄楚的暮春，遥远的天涯，哪里可
以倾诉我的悲哀？缠绵的思念，化作依稀的梦，我依稀
看见她的身影。啊！我的一片情痴，我无法传递。只有
一只孤雁在万里长空中哀鸣。

【赏析】

　　这首诗是写绵绵春雨之夜，对情人的怀念的。诗的
前半部分写访女方不遇独自归来的悲凉心境。诗中的美
人虽未露面，但她住过的红楼和珠箔已显其高雅和华
贵。诗的后半部分写归来寻梦和梦后寄玉珰和书信表白
心意。自己伤别，又代对方惜别，自己伤春，又代对方
惜春，从和衣而卧、寂寞难耐到夜寻红楼、带雨而归，
再到情怀萦绕、梦里相见，其意缠绵痴绝，两地相思之
苦，跃然纸上。

无题二首

其　一

凤尾香罗薄几重，碧文圆顶夜深缝。
扇裁月魄羞难掩，车走雷声语未通。
曾是寂寥金烬暗，断无消息石榴红。

斑骓只系垂杨岸，何处西南待好风？^①

【注释】

①斑骓：青白毛色相杂的骏马，为意中男子之坐骑。

【译诗】

我织的凤纹香罗，多么轻柔；我缝的圆顶蚊帐，青碧透亮。我一针针，一针针夜深人静的时候。他的马车匆匆走过，我与他，却一语未通。只有团扇掩住了我的面容，却掩不住我的娇羞。捱过了多少寂寞，捱过了多少漫漫长夜的思念。仍旧，没有他的一点消息。石榴花已开得通红。系在杨柳岸的骏马，不就是他的，身影？哪里去寻觅清风的同情，把我带到他的身旁。

【赏析】

这又是一首情诗，抒写对爱情的渴望，匆匆相遇，语言未通，然而却春心发动。于是，自然长相思，由相思而惆怅，而终归是失望但失望只是现实，可以用幻想来弥补。于是，又有最后两句真切的希冀：等待西风送来好消息。诗情如画、诗味浓郁。

其　二

重帏深下莫愁堂，卧后清宵细细长。

神女生涯原是梦，小姑居处本无郎①。

风波不信菱枝弱，月露谁教桂叶香?②

直道相思了无益，未妨惆怅是清狂③。

【注释】

①神女：即宋玉《高唐赋序》中所写的巫山神女，在梦中与楚王欢会。小姑：未出嫁少女的称呼。

②风波：指恶风浊浪，代指恶势力。

③清狂：原指白痴，此处指痴情。

【译诗】

重重幕帐围困着深闺少女，漫长的夜伴随着她的孤独和冥想。楚王与神女相会是往昔空幻的梦。可怜的小姑一人独处，只因为没有心爱的情郎。柔弱的菱枝纵然柔弱，还要遭到狂风摧残，芳香的桂叶没有雨露的滋润哪来芳香？苦涩的相思只是徒然苦涩可怎能改变一片深深的情痴一片惆怅。

【赏析】

此诗咏相思之苦。诗开始写她独卧深闺，长夜不眠；二联借两个典故，回想她的爱情如同梦幻，如今仍然无郎独处。第三联抒写她的怨情。以比兴手法说她有如柔弱菱枝，偏遭风波摧残；又象桂叶，却得不到月露滋润而飘香。尾联写她明知相思无益，却仍然不改衷情，愿意终生惆怅。深闺中的主人公遇到了爱情波折，她一边倾吐怨情，一边却痴心不绝，全诗写少女回荡起伏的感情波澜，真切细致。

温庭筠

利州南渡

澹然空水带斜晖，曲岛苍茫接翠微①。

波上马嘶看棹去②，柳边人歇待船归。

数丛沙草群鸥散，万顷江田一鹭飞。

谁解乘舟寻范蠡？五湖烟水独忘机。

【注释】

①曲岛：指嘉陵江中曲折的小岛。翠微：指青山。

②波上：此指船上。棹：船桨。此指渡船。

【译诗】

澹然空阔的水面，映着斜阳的余晖。曲折的小岛，连接翠绿的群山，凸出一片茫茫苍苍。舟船渐渐离去，载着鸟儿的嘶鸣；柳荫歇息的人们，等待远帆归来。沙草丛中群鸥四处飞散，江田上空孤鹭展翅回翔。谁能像范蠡一样乘着小船，忘却机心，在辽阔的江湖，自由漂荡。

【赏析】

　　此诗由远而近又由近及远地描绘了渡头的景色：澹然空阔的水面，映着斜阳的余晖。弯弯的小岛，连接翠绿的群山，凸出一片暮霭苍茫。舟船渐渐离去，载着鸟儿的嘶鸣；柳荫歇息的人们，等待远帆归来。沙草丛中群鸥四处飞散，江田上空孤鹭展翅回翔。一幅清新的晚渡图跃然纸面。最后诗人触景生情，兴起与世无争，放浪江湖的感慨。

苏武庙

苏武魂销汉使前，古祠高树两茫然。

云边雁断①胡天月，陇上羊归塞草烟。

回日楼台非甲帐，去时冠剑是丁年。

茂陵②不见封侯印，空向秋波哭逝川。

【注释】

　　①雁断：苏武被拘留，音讯断绝。这里用雁足传书

一事。

②茂陵：汉武帝陵墓。此指武帝。

【译诗】

苏武的心早已死寂。纵然，面对接他还朝的汉朝使节。往事已经过去，只留下，古老的祠庙和参天的大树，一片茫然。似当年，孤独的他，只有痴心地仰望明月，仰望鸿雁飞入云间，白天，牧羊消解他的寂寞；夜晚归来，荒烟中荒草连天，只剩他一颗枯寂的心。他去是翩翩壮年，佩带御赐的冠剑，回时故国依旧，可甲帐已不在眼前。谁为他封侯，谁为他授爵，难道是地下长眠的武帝？悲痛呀，空自对着秋水悲痛空自悲悼流逝的

430

岁月。

【赏析】

　　这是一首咏史诗，大概是作者瞻仰苏武庙时所作。诗的第二句说"古祠""高树"不会了解苏武生前事迹的意义，含蓄地表达了作者对苏武所怀的敬意。全诗层次清晰，对仗工整。在晚唐边境不断被侵扰的情况下，作者在这首诗中热情地赞扬苏武的民族气节，寄托着他的爱国情怀。

薛 逢

　　薛逢（生卒年不详），字陶臣，蒲州（今山西永济县）人。武宗会昌元年（821）进士。任侍御史，遭权臣谗言，出任巴、逢、绵等州刺史。官终秘书监。其才气虽盛，但诗作不足以名家。多数作品失之草率浅露。《全唐诗》录存其诗一卷。

宫 词

　　十二楼中尽晓妆，望仙楼上望君王。

锁衔金兽连环冷^①，水滴铜龙昼漏长。

云髻罢梳还对镜，罗衣欲换更添香。

遥窥正殿帘开处，袍裤宫人扫御床^②。

【注释】

①锁衔：宫门紧锁。金兽连环：刻有兽头形状的铜门环。

②袍裤宫人：指穿着短袍绣裤的宫女。御床：皇帝的床榻。

【译诗】

清晨，宫楼中的嫔妃，忙着打扮，梳妆。望仙楼上，她们盼望着，君王的到来。紧锁的门环，透出冰冷；铜壶的滴漏白昼多么漫长。纵然发髻已经理好，她们仍旧对着镜子再三端详。她们不时更换衣裳，四处弥漫着浓郁的馨香。她们焦急，她们探望远远窥见，正殿的帘幕缓缓掀开，穿着袍绣裤的宫女们正在打扫御床。

【赏析】

这是一首宫怨诗。

住在十二楼中的嫔妃早上都在刻意梳妆打扮，候在望仙楼上等着君王的到来。冰冷的兽形门环整天锁着；铜龙缓缓滴水，白昼显得这样漫长。梳理好乌云般的发鬓，又对着镜子细细端详；想换一件罗衣，把衣服熏得芳香怡人。这前六句细致地写了宫女刻意打扮、痴心等待。

末两句写她们远远看到宫女们在正殿打扫御床，一天的梳妆打扮又落空了，哀怨之情充溢于字里行间。

秦韬玉

秦韬玉（生卒年不详），字中（一作"仲"）明，京兆（今陕西西安市）人，唐僖宗中和二年（882）进士，曾做过工部侍郎、神策军判官等。

他写的诗典丽工整，风格颇近温、李，但取材较窄，缺乏社会内容。这里选的《贫女》一诗，是一首比较著名的，也是较有思想内容的作品，其他如《织锦妇》、《贵公子行》也是较有意义的诗作。《全唐诗》录有其诗一卷。

贫 女

蓬门未识绮罗香①，拟托良媒亦自伤。

谁爱风流高格调？共怜时世俭梳妆。

敢将十指夸针巧，不把双眉斗画长。

苦恨年年压金线^②，为他人作嫁衣裳。

【注释】

①蓬门：柴门。此借指贫女。绮罗香：指富贵人家熏香的衣裳。

②苦恨：深恨，特别恨。压金线：用金线刺绣。

【译诗】

贫寒人家的，何曾穿过华丽的衣裳？哪里

去寻找，寄托终身的伴侣？只有，一片愁思暗自感伤。谁能推崇脱俗高雅的格调，谁能欣赏简朴平常的梳妆。不愿趋附时尚把双眉绘得又细又长，只愿珍惜一双纤手绣出巧妙绣出精良。无限的怅恨一年年，一年年刺绣金线；到头来不过是为他人做嫁衣裳。

【赏析】

　　这是一首贫女诉说她处境悲惨和难言苦衷的诗，作者着意刻画贫女持重的品行和辛勤的劳动，同世俗轻视品德和劳动而看重富贵与姿色相比较，对贫女给予深切同情。这实际也寄寓着作者的不平和感慨。全诗为贫女自白，语言质朴，末联广为流传，是人所共称的佳句。

乐　府

沈佺期

独不见①

卢家少妇郁金堂，海燕双栖玳瑁梁。

九月寒砧催木叶，十年征戍忆辽阳。

白狼河北音书断，丹凤城南秋夜长。

谁为含愁独不见？更教明月照流黄②。

【注释】

①独不见：乐府旧题，多写思而不见之苦。

②流黄：杂色丝绢。这里似指帷帐之类。

【译诗】

名贵的郁金香，涂饰在卢家少妇的楼堂。一对对海燕，栖息在她玳瑁装饰的屋梁。九月寒风，吹落凋零的树叶，远处传来，捣衣的阵阵声响，她的情思已飞向辽阳，那遥远的边境，是他整整十年征戍的地方，渺茫的白狼河，远隔长安千山万水，为什么没有一点音信？为什么日日的思念永远是漫长的秋夜？谁能够看见，她的孤独，她的悲愁；谁叫明月，照着她的帷帐，照着她的泪流。

【赏析】

这是一首拟古乐府之作。诗的内容主要是思妇对征人的怀念。诗人通过环境描写和景物描写烘托思妇的哀怨，如以双飞双栖的燕子反衬思妇的孤独；以寒砧催落叶、明月照流黄，烘托离愁。情景结合，意境鲜明。

这首诗对后来唐代边塞诗和律诗影响很大，历来评价甚高。姚鼐说它"高振唐音，远包古韵，此是神到之作，当取冠一朝矣。"

五言绝句

绝句，或称截句、断句、短句；或以为"截取律之半"以便入乐传唱。各家解释并不一致。五言四句而又合乎律诗规范的小诗，叫五言绝句。亦有仄起、平起二格。此体源于汉代乐府小诗，深受六朝民歌影响，到了唐代与近体律诗如孪生姊妹、并蒂双花，以其崭新的异彩出现在诗坛上。仅二十字，便能展现出一幅幅清新的画图，传达出一种种真切意境。因小见大，以少总多，在短章中包含着丰富的内容，是五言绝句的最大特色。

王 维

鹿 柴①

空山不见人，但闻人语响。

返景入深林②，复照青苔上。

【注释】

①柴：同"寨"，栅栏。

②返景：夕阳返照。

【译诗】

空空深山，看不到一个行人，悠远的人语声，隐隐约约，静极了。太阳下落了，余辉照进幽深的，树林，一片黄昏的朦胧，远处，那青苔上面，是太阳投下的，光影。

【赏析】

本诗富有诗情画意。诗中作者以夕照和人声来衬托深山的幽、静、空。具体而微，妙不可言。短短二十个字总的看起来既是一首幽美的诗，又是一幅生动自然的画，足见作者捕捉印象之细微和感觉之敏锐。

这首诗语言清新，风格淳朴自然。

竹里馆①

独坐幽篁里②，弹琴复长啸。

深林人不知，明月来相照。

【注释】

①竹里馆：景点名，意为在竹林里修造的馆舍。

②幽篁：幽深的竹林。

【译诗】

我独自，坐在，幽深的竹林，一边弹琴，一边，高歌长啸。谁可以，分享我的欢乐，我的，情趣？只有，明月，在静静照耀。

【赏析】

这首诗描绘诗人月下独坐弹琴长啸的幽闲生活用"幽篁"、"深林"、"明月"三个词写景。以"独坐"、"弹琴"、"长啸"三个词写人物活动。短短四句，抒发了安闲自得之情；并使外景与内情交融无间、融为一体。全诗语言自然平淡且富有韵味。

相　思

红豆生南国①，春来发几枝。

劝君多采撷②，此物最相思。

【注释】

①红豆：又名相思子，产于岭南。

②采撷：摘取。

【译诗】

红豆生长在南国，每当春天来临，不知，会生出多少新枝，采摘吧。尽情地采摘，美丽的红豆，最能表达，无尽的相思。

【赏析】

这首诗借咏红豆以寄相思之情。诗语朴素自然，近于民歌。因红豆而寄兴，一问一劝，洋溢着感人的相思气息。全诗意味自然，格调隽永，为唐诗五绝之佳品。

杂　诗

君自故乡来，应知故乡事。

来日绮窗前^①，寒梅著花未？^②

【注释】

①绮窗：雕缕着花纹的窗子。

②著花未：开花了吗？未：表疑问语气的虚词。

【译诗】

你从故乡来，该知道，故乡的事，请告诉我，你来时，我窗前的梅树，是否，已经开花。

【赏析】

这首诗是抒写作者对家乡的思念之情的。诗中问句似乎对故乡别的事并不关心，只关心寒梅是否开花，表达出一种闲适之意。看似家常话，却并不挂心俗事，显得风趣盎然。

全诗信手拈来，自然天成。

裴 迪

送崔九

归山深浅去，须尽丘壑美。

莫学武陵人，暂游桃源里^①。

【注释】

①武陵人：武陵渔人。典出陶渊明《桃花源记》。

【译诗】

既然，你归隐山林，就应该，尽情享受，山林的风光，山林的幽美，可不要学武陵的渔夫，仅仅出于一时的，好奇，把美丽的桃源，短暂游历。

【赏析】

作者送友人崔九归山，劝他饱览丘壑美景，永远以山林为家，隐居终生而不要像武陵人到桃花源却不甘归隐，不能饱领桃源美景就出来，事后后悔。诗作开门见山，坦言相陈，情意至切。寥寥四句，作者对友人赤诚之情，跃然纸上。

祖 咏

终南望余雪

终南阴岭秀^①，积雪浮云端。

林表明霁色②，城中增暮寒。

【注释】

①终南：终南山，在今陕西省西安市东南。阴岭：山岭的北部，也最易积雪。而且在长安城里望终南山，也只能看见其北面。

②林表：树林的上空。霁色：初晴的日光。

【译诗】

高高的终南山，多么秀丽，远远望去，压坡厚厚的积雪，仿佛，飘浮的白云，飘浮在天边，初晴的阳光，微微，洒在林梢，洒出一片明亮，黄昏降临，阵阵寒

443

气，在静静的城里，回荡。

【赏析】

这是一首咏雪诗。诗的前三句从"望"字着眼，句句写雪景，描绘了从长安城里看到的终南山阴岭的秀色。最后一句露出作意，抒发了感慨。全诗紧扣诗题：正写终南山之雪，以"城中增暮寒"反衬终南山余雪。据说此诗是祖咏赴科举考试时所作，要求作一首五律，祖咏写了四句就搁笔了。问之，答曰："意尽。"虽只有四句诗人确实已经完整地写出了终南雪后初霁之景。

王士稹《渔洋诗话》把此诗和陶潜的"倾耳无希声，在目皓已洁"、王维的"洒空深巷静，积素广庭宽"等诗句并列，称为咏雪的"最佳"作。

孟浩然

宿建德江

移舟泊烟渚，日暮客愁新①。

野旷天低树，江清月近人②。

【注释】

　　①客愁新：客中增添新愁。

　　②月：指水中月影。近：亲近。

【译诗】

　　小船，停靠在，小洲，小洲，迷蒙着，烟雾，夜幕降临，我游子一片惆怅，广袤的郊野，绵延着天际，远远望去，地上的大树，仿佛长在天上，江水多么清澄，水中的月亮，就在我小船的，近旁。

【赏析】

　　这首诗写夜宿江上的孤寂心情，作者只用寥寥数语，便刻画出一幅清新明丽的秋江夜泊图。起句"移舟泊烟渚"，既是点题，又为下文写景抒情作了准备。

　　第二句"日暮客愁新"，既点明因为日落黄昏，江上才烟雾茫茫，又写出了由于日暮而增加新的愁思。

　　"野旷"二句，绘出一幅野旷天低，江清月近的图画，观察细微，能表现景物的特色，可与杜甫"星垂平野阔，月满大江流"媲美。

　　全诗将羁客之愁与黄昏之景打成一片，情景交融，写得蕴藉含蓄。

春　晓①

春眠不觉晓，处处闻啼鸟。

夜来②风雨声，花落知多少。

【注释】

①春晓：春天的早晨。

②来：传来。

【译诗】

酣睡的春天，酣睡，不觉，天色已晓，处处听到，鸟雀在啼叫，夜里的声声风雨，不知吹落了，多少芳香的春花。

【赏析】

这是一首惜春诗。春天的清晨，鸟雀在青翠的树丛中鸣叫，百花盛开，繁花似锦，万物充满生意。诗人抓住大好春光中自然界生机勃勃、欣欣向荣的特点来描写，寥寥二十个字，有景有情，诗意盎然。

446

李 白

静夜思

床前明月光，疑是地上霜。

举头望明月^①，低头思故乡。

【注释】

①望：一作"看"，似更佳。

【译诗】

不是地上的，秋霜，是银色的月光，洒在，我孤独的床前，我抬头，仰望天上的月亮，故乡呀故乡，我低头，不见月亮，只有遥遥把你，念想。

【赏析】

这是李白寓居安陆（今湖北境内）小寿山时所作。这是一首家喻户晓，经久为人吟诵的短诗。

这首诗短短四句，二十个字，却把旅居外地、思念故乡者的情怀，维妙维肖地描绘了出来。全诗朴素自然，语言如话，构思细致而深曲，脱口吟成却能浑然无迹。明代胡应麟在《诗薮》中说："太白诸绝句，信口而成，所谓无意于工而无不工者。"《静夜思》这首诗就是一个例子，胡应麟评价它：妙绝古今。

怨　情

美人卷珠帘，深坐颦蛾眉①。

但见泪痕湿②，不知心恨谁。

【注释】

①颦：皱起眉头。

②但见：只见。

【译诗】

美人　缓缓，卷起珠帘　她愁蹙双眉　一人独坐　久久　静静　只见她　泪痕满面　都不知她　心里恨谁

【赏析】

这首诗是描写一位幽禁深居的女子哀怨之情的。诗仅短短四句，却能刻画女子神态真切细微，而且层次分明，引人入胜。由卷帘独坐，到久坐凝望不见情人而皱眉伤心流泪，层层深入地描摹其神情变化和强烈的哀怨。结尾一句却故设疑问，明是怨恨情人不来，却说不

知恨谁。全诗含蓄隽永。

杜 甫

八阵图

功盖三分国①，名成八阵图。
江流石不转，遗恨失吞吴②。

【注释】

①三分国：即蜀、魏、吴三国。

②此句意为蜀汉未能联吴灭魏，而失之进攻吴国，使诸葛亮遗恨终身。

【译诗】

三国鼎立，你建立了盖世功绩，创八阵图，你成就了永

久声名，江水东流，推不转，你布阵的石头，千古遗恨，是你，未能阻止先主，吞并东吴。

【赏析】

杜甫一生写有不少关于诸葛亮的诗篇，并且其中有不少名篇名句流传于世。

本诗旨在赞颂诸葛亮辉煌的一生，崇敬之情溢于言表。"功盖三分国，名成八阵图"十个字，展现了诸葛亮的高大形象和丰功伟绩。

后两句，惋惜诸葛亮不能阻止刘备对东吴用兵，导致国势日衰，遗恨千古。

全诗跌宕有致，感情深刻。

王之涣

王之涣（688～742），字季陵，晋阳（今山西省太

原市）人，后迁居绛州（今山西省新绛县）。开元初，他任冀州衡水县主簿，被人诬陷，弃官而去。晚年他出任文安县尉；卒于天宝元年。

王之涣为人豪放，常击剑悲歌。他的诗多被当时乐工制曲歌唱，名动一时。

《全唐诗》录存其诗六首。

登鹳雀楼

白日依山尽，黄河入海流。

欲穷千里目^①，更上一层楼。

【注释】

①穷：穷尽。目：目光，视线。

【译诗】

太阳，渐渐落下山冈，黄河，朝着大海奔流，要遥望千里，要穷尽目力，就必须，再登上一层高楼，再登上，一层高楼。

【赏析】

本诗是唐人五绝中不朽名篇，历来脍炙人口。全诗在描绘祖国壮丽山河中寄寓着登高才能望远的哲理，洋溢着昂扬向上的激情。诗的前二句描绘了一幅山衔落日，黄河奔腾的壮丽图画，给人以壮美的感受。但作者还要把人带上更高的境界，要再向上攀登，去穷尽天下美景。全诗对仗工整，含蓄蕴藉。

刘长卿

送灵澈

苍苍竹林寺，杳杳①钟声晚。

荷笠带斜阳，青山独②归远。

【注释】

①杳杳：深远的样子。

②独：独自一人。

【译诗】

晚钟声，悠悠回荡在远方，竹林寺，掩映着一片苍苍，他独自，沿着青山归来，斗笠上，披着一抹斜阳。

【赏析】

这首诗是记叙送僧人灵澈归山事的。

诗的前二句写送别的地点、时间和环境，僧人灵澈在薄暮时分从树林掩映的竹林寺告别。后二句描绘了一幅独行僧人背着斗笠、披着斜阳的绝妙图景。

全诗情景交融，构思别致，语言凝炼，素朴隽秀。

弹 琴

泠泠七弦上^①，静听松风寒。

古调虽自爱^②，今人多不弹。

【注释】

①泠泠：本指水声，在此形容琴声清越。七弦：琴的代称，我国古代的琴由七根弦组成。

②古调：古时传下来的曲调。自爱：我喜爱。

【译诗】

七弦琴声，多么清幽，静静听，静静听声响，如同风吹松林，我格外喜爱，那悠美的古调，可如今，已没有几人。喜欢弹奏。

【赏析】

这首诗借咏弹琴感伤世无知音，流露出诗人怀才不遇，孤芳自赏的幽怨情怀。

送上人①

孤云将野鹤②，岂向人间住？

莫买沃洲山，时人已知处。

【注释】

①上人：对僧人的敬称。

②"孤云"句：张祜在《寄灵澈诗》中有"独树月中鹤，孤舟云外人"句，与此用意正相同。将：和，共。

【译诗】

野鹤 驾着孤云 远远飞向，高空 它岂肯 在地上的人间停留 沃洲山 热闹的名胜 人们熟知的，去处 岂是你 隐居的地方

【赏析】

这是一首送行诗。出家人闲云野鹤，去来无踪，不以人间俗事为累。

因此，诗人此次既然是送别僧人，诗中前两句用"孤云野鹤"来形容其行踪乃至心态，自是十分贴切的。诗中后两句意在言外，对僧人的劝告曲折婉转，含蓄

隽永。

韦应物

秋夜寄丘员外

怀君属^①秋夜，散步咏凉天。
空山松子落，幽人^②应未眠。

隽永。

韦应物

秋夜寄丘员外

怀君属[①]秋夜，散步咏凉天。
空山松子落，幽人[②]应未眠。

【注释】

①属：适，正值。

②幽人：隐居者，在此指丹丘。

【译诗】

静静的夜，唤起我，对你的，切切思念，思念牵引着我，徘徊，吟咏，在这凄楚的秋天，空空的深山，松子一个个，一个个悄悄坠落，隐居的朋友，你和我一样，一定，也未能入眠。

【赏析】

这是一首怀人诗。诗的前二句写自己因怀念友人丘丹在秋夜里咏诗寄情以致夜不成眠。后二句设想丘丹也因秋兴而未能成眠，写出了彼此心意交通，感情默契。"空山松子落"，描绘了丘丹隐居之处的幽静。整首诗的境界清幽空灵，韵味隽永。

李 端

李端（生卒年不详），字正己，赵州（今河北赵县）人，大历五年（770）进士，曾任秘书省校书郎、杭州司马，后弃官归隐稀山（今湖南省），自号"南岳幽人"。

他早年曾在庐山学诗于僧皎然，初到长安时已有诗名，与钱起、卢纶、吉中孚、韩翃、司空曙、苗发、崔峒、耿讳、夏侯审等人以诗唱和，被称为"大历十才子"。李端以才思敏捷受到当时人的称道，写了大量的送别、寄赠诗，反映现实、描绘生动的作品很少。李端有诗一百八十余首，《全唐诗》编为三卷。

听 筝

鸣筝金粟柱[①]，素手玉房前[②]。

欲得周郎顾，时时误拂弦。

【注释】

①金粟柱：华贵的弦轴。

②素手：洁白的手，表明弹筝者是一个漂亮的年轻女子。玉房：华美的房舍。

【译诗】

她纤细的双手，拨弄着古筝的琴弦。为得到知音的顾盼，她时时故意错弹音弦。

【赏析】

这首诗描述听筝之时所见弹筝好情态。前二句以华筝与素手暗示人物之美丽，后两句通过心理描写传达两心相悦之情。全诗不直接描写人物而人物形象异常生动，呼之欲出。

诗含调侃之意，"欲得周郎顾，时时误拂弦"句化用典故，将弹筝女子为博青睐而故意误弹的情态描摹得维妙维肖。

王 建

王建（生卒年不详），字仲初，颍川（今河南许昌市）人。大历十年（775）中进士后，作过州司马等一类小官。晚年退职居于咸阳原（陕西咸阳县内的一个地名）上，生活贫苦。

王建的乐府诗与张籍齐名，世称"张王乐府"。这些诗从各方面反映社会矛盾和民生疾苦，思想较深刻。

有《王司马集》传世。

新嫁娘

三日入厨下，洗手作羹汤①。

未谙姑食性，先遣小姑②尝。

【注释】

①"三日"二句：古代风俗，婚后三日，新妇须下厨作菜肴。

②谙：熟悉。姑：指婆婆。食性：口味。

【译诗】

新婚的新娘，三日后走进厨房，她洗净纤细的双手，要亲自调制羹汤，她不知道婆婆的口味，先请小姑前来品尝。

【赏析】

此诗咏新嫁娘。这位新娘嫁到夫家的第三天，按风俗要进厨房煮饭烧菜。这位新娘净洗双手，做好了菜。
但她不知道婆婆的食性，就叫丈夫的妹妹先尝一尝。

　　诗把新嫁娘审慎、敏慧的形象刻画得活灵活现。

权德舆

　　权德舆（759～818），字载之，天水略阳（今甘肃
秦安东北）人。唐德宗时，由太常博士改左补阙，后为
知制诰，进中书舍人。宪宗时以礼部尚书同平章事。在
贞元、元和年间是大臣中较有文采的。有《权文公集》，
今存十卷。

玉台体

　　昨夜裙带解，今朝蟢子①飞？

　　铅华不可弃，莫是藁砧归②？

【注释】

　　①蟢子：又名蟏蛸，为蜘蛛的一种，古人以为蟏蛸
缘丝飘下，（蟢子飞）预兆有喜事。

②莫是：莫不是。藁砧：一作稿碪，隐指夫妇，为古时一种转折的隐语，典出《玉台新咏·古决绝词》。

【译诗】

昨夜晚，我的裙带突然松解，今早晨，又看见蟢子四处飞窜，莫非是，丈夫就要回来，我须得，好好梳妆打扮。

【赏析】

这首诗咏闺情。诗中的少妇觉得自己裙带自解，又看见蟢子飞，都是喜兆，就猜测自家丈夫要回来了，于是她想起应该修整一下姿容，迎接丈夫的到来。

诗把少妇思夫心切的形态刻画得很生动，虽写艳情，却不伤大雅。

柳宗元

江 雪

千山鸟飞绝①，万径人踪灭。

孤舟蓑笠②翁，独钓寒江雪。

【注释】

①绝：断绝，绝迹。

②蓑笠：蓑衣，斗笠，均为雨具。

【译诗】

看不见，飞鸟的影子，看不见，行人的足印，茫茫的静，笼罩着，重重山，条条路，静的茫茫，只有，一叶孤舟，载着披蓑衣戴斗笠的渔翁，是他，大雪天里，在寒江中，垂钓。

【赏析】

这是首咏江乡雪景的诗。诗中运用典型概括的手法，选择千山万径，人鸟绝迹这种最能表现山野严寒的典型景物，描绘大雪纷飞，天寒地冻的图景。接着勾画独钓寒江的渔翁形象，表达了作者不向恶势力低头、不怕险恶环境的坚强品格和孤独寂寞的情绪。

元 稹

行 宫

寥落①古行宫，宫花寂寞红。

白头宫女在，闲坐说玄宗②。

【注释】

①寥落：冷落，荒凉。

②玄宗：指玄宗时的事，也即开元、天宝时的事。

【译诗】

当年的行宫　如今已寥落　寂寞的宫花　寂寞的鲜红　白头的宫女　空空白了头　无奈的闲坐　闲话唐

462

玄宗

【赏析】

　　此诗咏古行宫。寥寥数句，寄意深远。诗从盛开的红花和寥落的行宫相映衬，用春天的红花和宫女的白发作对比，寄寓了红颜易老的人生感慨和对唐王朝盛衰之变的哀叹。

　　宋洪迈《容斋随笔》卷二说这首诗"语少意足，有无穷之味"。明胡应麟《诗薮·内编》卷六以为这首诗是王建所作，说"语意绝妙，合（王）建七言《宫词》百首，不易此二十字也。"

白居易

问刘十九

绿蚁新醅酒，红泥小火炉①。

晚来天欲雪，能饮一杯无②。

【注释】

　　①绿蚁：指浮在新酿米酒上面的菌丝，因细小如

蚁，微现绿色，故称"绿蚁"。醅：未经过滤的酒。

②天欲雪：天要下雪了。无：在此用作疑问语气词，相当于"么"或"吗"。

【译诗】

新酿的酒，浮着绿色的泡，红泥的炉，燃着亮亮的火，静静的夜，欲飘纷纷的雪，在这惬意的，时刻，朋友，可愿意，与我一同，畅饮。

464

【赏析】

　　这首小诗极富生活风趣，因家中新酿米酒，又有温酒的"红泥小火炉"，在"晚来天欲雪"之际，便想到邀请友人刘十九来饮酒御寒。末句向友人发问，不仅扣住诗题，也表现了作者对友人的真挚情意。

张　祜

　　张祜（生卒年不详），字承吉，南阳（今河南南阳）人，一作清河（今河北清河）人。元和、长庆间，很有诗名，深得令狐楚赏识，令狐曾草表推荐他。后入长安求仕，被元稹阻抑，失意而归。后隐丹阳以终。张祜好苦吟，诗以绝句为佳，尤擅长七绝。其诗含蓄、工巧，情致婉约清华，音节流畅。《全唐诗》录存其二卷。

何满子①

故国②三千里，深宫二十年。
一声河满子，双泪落君前。

【注释】

①诗题，《全唐诗》作《宫词》。

②故国：故乡。

【译诗】

故乡呵，你多么遥远，远在，三千里之外，我幽居深宫，怎敢，把你企盼，青春呵，你多么枯寂，二十个春秋的虚幻，二十个春秋的梦幻，已经泯灭，只有，一曲《何满子》，倾诉，我无尽的悲哀，眼泪呵，眼泪落在，你的面前。

【赏析】

这是一首宫怨诗。前二句写宫女远离家乡，与亲人不得相见。入宫既久，未为君王宠爱。后二句写在歌舞《何满子》时的伤感情景。《全唐诗话》载："张祜此词传入宫禁，武宗疾笃，孟才人歌'一声何满子'，气亟立殒。上令医候，曰：'脉尚温而肠已断。'"

杜牧曾有诗称赞："可怜故国三千里，虚唱歌词满六宫"，可见，这首诗流传之广，之深。

李商隐

登乐游原

向晚意不适^①，驱车登古原^②。
夕阳无限好，只是近黄昏。

【注释】

①向晚：接近傍晚。意不适：心中不适然，有些郁闷。

②古原：即乐游原。

【译诗】

傍晚时分，马车，载着我的悒郁，我登上乐游原，夕阳无限美好，只可惜，已靠近日落的黄昏。

【赏析】

这首诗记叙诗人在傍晚的时候登上乐游原远望，见到在夕阳之中的壮丽河山，但想到美好景色即将消逝在黑夜之中，便又感到无限惆怅。诗中，融铸了诗人无比深沉复杂的情感。他既伤痛时代的没落，家国的沦亡，又慨叹自己身世迟暮，壮志难伸。全诗透露出一片郁重的晚唐气息。

贾 岛

　　贾岛（779～843），字浪仙（一作"阆仙"），范阳（今北京市一带）人。因家境贫困和屡次应试不第，一度出家为僧，后受韩愈影响，还俗。曾任遂州长江（今四川蓬溪）主簿、普州（今四川安岳）司仓参军等职。

　　贾岛的诗多系写景和送别怀旧之作。前人说贾诗的风格"清真僻苦"。他在遣词造句上特别下功夫。据说他在长安应试时，有一次在路上考虑"鸟宿池边树，僧推月下门"（《题李凝幽居》）的诗句，想改"推"为"敲"，正犹豫不决，不觉冲了京兆尹韩愈的车骑。韩愈问明原因后，对他说："敲字好！"这虽然是个传说，却反映他专心苦吟的情况。有《长江集》十卷，《诗格》一卷传世。《全唐诗》录存其诗四卷。

寻隐者不遇

松下问童子①，言师采药去。

只在此山中，云深不知处②。

【注释】

　①童子：男孩子。

　②处：指行踪。不知处，即不知在那里。

【译诗】

　　松树下，我打听你的行踪，你，采药而去，我，只有怅然，你近在咫尺——云雾深深的深山，和你，化为一体，我在哪里，寻觅你的身影？

【赏析】

　　这首诗寥寥二十字，却写得情景俱佳，读来如同欣赏一幅白云缭绕的山水画。诗用一问一答的形式，不但写出了松下询问的场面，山中林木茂密的景色，还写出了隐者高隐的品格。全诗用语朴素，谋篇精巧，历来为人传诵。

李 频

　　李频（818～876年），字德新，睦州寿昌（今浙江
建德）人，唐宣宗大中八年（854）进士，任校书郎。
他在作武功县令时，关心民苦，兴修水利，"赈饥民，
戢豪右"得到人民拥护。唐僖宗时死于建州（今福建建
瓯县）刺史任上。

　　李频和当时的诗人许浑、薛能、李群玉、曹邺都有
交往。他的诗主要是旅游、赠别之作，反映社会生活不
广。在艺术上流于雕琢。小诗比较清新婉约。他著有
《建州刺史集》，《全唐诗》编为三卷。

渡汉江

岭外①音书绝，经冬复立春。

近乡情更怯，不敢问来人②。

【注释】

　　①岭外：五岭以南的广东省广大地区，通常称

470

岭南。

②来人：渡汉江时遇到的从家乡来的人。

【译诗】

冬去春来，我孤独在岭南，断绝了，家人的音信，如今，故乡快到了，可我的心，却更加畏怯，我不敢，向走来的行人，打听，家人的消息。

【赏析】

此诗一题作宋之问作，因为李频的宦迹不曾到过岭南，而宋之问曾被流放岭南。作者久别家园后还乡，由于和家里人长期断绝音信，害怕家里出意外，以致在途中遇到家乡人也不敢打听消息。这就曲折委婉地表现了游子归乡的复杂心情。诗的末二句写心理准确，细腻，堪称名句。

金昌绪

金昌绪，余杭（今浙江省余杭县）人。生平事迹不详。

春 怨

打起黄莺儿，莫教①枝上啼。

啼时惊妾②梦，不得到辽西。

【注释】

①莫教：不让。

②妾：古代女子的谦称。

【译诗】

我拍打树枝，把黄莺打走，为了，不让它，在枝头啼鸣，我害怕，啼声，惊醒我的好梦，我不能赶到辽西，去见，我的亲人。

【赏析】

这首诗写一个女子思念地远征在外的丈夫。诗中没有正面写她是如何思念，而是写她梦中去辽西和征夫相会。这就把她的真挚深情有力地表现出来。因为她深切地思念着丈夫，所以希望把梦一直做下去。但天明莺啼，将好梦惊醒，于是要赶去树上黄莺，"莫教枝上啼"。诗的春怨主题反映得十分生动活泼，同时含蓄而有余味。

西鄙人

西鄙人，意为西部边邑地区的老百姓，实际是一个不知名的民间作者。有些选本作无名氏。

哥舒歌

北斗七星①高，哥舒夜带刀②。
至今窥牧马，不敢过临洮。

【注释】

①北斗七星：在北天排列成斗（或勺）形的七颗亮星，属大熊星座，常用以象征功绩。

②夜带刀：持刀巡夜，说明戒备森严。

【译诗】

北斗七星，高高，挂在大空，名将哥舒，夜夜，佩带军刀，纵然吐蕃佯装牧马，窥视，入侵动向，却不敢，轻易，越过临洮。

【赏析】

　　此诗是西部边民对哥舒翰赫赫战功的颂歌。诗以"北斗七星高"起兴，紧接着描绘了哥舒翰的英雄形象。后两句虽是写吐蕃不敢过临洮，却把哥舒翰大败吐蕃的战事从侧面表现了出来。全诗语言质朴豪迈，具有北方民歌明快爽朗、热情奔放的风格。

乐 府

崔 颢

长干行二首

其 一

君家何处住？妾住在横塘①。

停船暂借问②，或恐是同乡。

其 二

家临九江水，来去九江侧。

同是长干人，生小③不相识。

【注释】

①横塘：在今江苏省南京市西南，与长干相近。

②暂：姑且。借问：意即请问。

③生小：自小。

【译诗】

你家，住在哪里，我家，住在横塘，停下船，我把你寻问，或许，我们是同乡。

我家临靠九江，来来去去，都在九江边上，我们同是，长干同乡，可我与你，却从小不相识。

【赏析】

这组诗写船行江中相遇，男女互相问答，表现男女相悦之情。

第一首是女的问话。"或恐是同乡"，船家女聪明、大胆、豪爽的形象，跃然纸上。语言生动，维妙维肖。

第二首是男子的答问："我家也住在长江边，但因为长年往来在江上，从小离家，所以虽是同乡而不相识。"从答话之中，我们还是可以听出这位男子爱悦之意的。

这两首诗纯用对话写成，几乎不加雕琢，充满了鲜活的民歌气息。诗语虽然浅俚但不浅俗，形象鲜明，很有生活风趣。

李 白

玉阶怨^①

玉阶生白露，夜久浸罗袜。
却下水精帘^②，玲珑望秋月。

【注释】

①玉阶怨：乐府《相和歌》楚调十曲之一，内容多写宫女的怨情。

②水精：即水晶。

【译诗】

白露，弥漫了玉制的台阶，露水，浸透了她的罗袜，她久久地，等待，等待着失望，回到空空的卧室，她放下水精帘，两只眼睛，向着深秋的明月，盼望。

【赏析】

这是一首宫怨诗。前两句写露水浓重，湿透了罗袜，主人公还在痴痴等待。后两句写寒气袭人，主人公回房放下窗帘，却还在凝望秋月。前两句写久等显人之痴情；后两句以月之玲珑，衬人之幽怨。全诗无一语正面写怨情，然而又似乎处处闻怨息声。

卢　纶

塞下曲（四首）

其　一

鹫翎金仆姑①，燕尾绣蝥孤。

独立扬新令②，千营共一呼③。

【译诗】

　　飞箭，系着大雕的羽毛，帅旗，缀着锦织的飘带，将军铿锵的声音，发布新的战斗号令，千万旄下的士兵，齐声阵阵呼应。

其　二

林暗草惊风，将军夜引弓。

平明寻白羽，没有石棱中。

【译诗】

密林，幽暗，疾风惊动草木，黑夜中。将军拉开强劲的弓，黎明时，将军寻找射出的箭，才知道，一支支深埋在石棱中。

其 三

月黑雁飞高，单于④夜遁逃。

欲将轻骑逐⑤，大雪满弓刀。

【译诗】

黑夜，没有月亮，也没有星光，鸿雁，高高飞翔，趁着，漆黑的宁静，单于悄悄，遁逃，出动旗兵，追击，追击敌人的仓惶，大雪纷纷，落满了弓刀。

其 四

野幕敞琼筵，羌戎贺芳旋。

醉和金甲舞，雷⑥鼓动山川。

【注释】

①鹫翎：大鹰的羽毛，可用以制箭羽。

②独立：屹立。扬：传达。

③千营：指全体士兵。共一呼：共听将帅之令，一

致行动。

④单于：本指匈奴首领，在此泛指少数民族的酋长。

⑤将：率领。轻骑：轻装疾行的骑兵。

⑥雷：即"擂"。

【译诗】

野外，摆下胜利的喜筵，羌戎兄弟纷纷，前来，庆贺凯旋，身著金甲的将士乘醉起舞，咚咚的擂鼓声，震动了山川。

【赏析】

这是一组边塞诗。诗人熟悉军队和边塞生活，因而这组诗写得真切动人，充满战斗生活气息。

第一首写将军发布军令时的情景。先写战士们整装列队待发，军容整肃，以显示主帅威严。再写他发号放令，用千营士兵的同声欢呼，来反映士气的高昂，衬托将军军纪的严明。

第二首写将军夜出巡边的情形，以李广射虎的典故描绘将军的勇武。前二句写"夜引弓"为后二句平明寻箭留下悬念，后二句不写是否射中目标，而写引弓的力度，显出将军的神勇。

第三首写将军雪夜率兵追敌的壮举。诗用惊起宿雁

高飞的画面，来衬托敌军溃败夜逃的情景。而着力写的
则是将军带领轻骑冒雪追敌的行动。用"月黑"、"大
雪"等词语来描写追击时的艰苦环境，更显出了将军的
刚毅、果断。

第四首写将军凯旋，边地兄弟民族在帐幕外设筵庆
贺的场面，气氛热烈、豪迈，描绘出了边地特有的风
味。同时还描绘了将军"醉和金甲舞"的欢乐神态。

这四首诗有人物、有情节、有场面。作者善于用形
象而又概括的语言，描绘极富特征的景物，渲染典型的
环境气氛，并在这种气氛中，刻画出人物的丰满形象。

李 益

李益（748～827），字君虞，陇西姑臧（今甘肃省
武威县）人。大历四年（769）进士，授郑县尉，弃职
游燕、赵间。唐宪宗闻其诗名，自河北召还，为都官郎
中，迁中书舍人。官终礼部尚书。

李益是大历诗坛颇负盛名的一位诗人。他曾五次担
任节度使幕僚，熟悉当时边地军戎苦寒的斗争生活，写
下了不少优秀的边塞诗，成为中唐时期描写边塞军旅生

活的杰出诗人。在诗歌形式上，以七言绝句见长。他的
不少绝句在当时即被谱入乐府，广泛传唱。有《李君虞
诗集》传世。

江南曲①

嫁得瞿塘贾，朝朝误妾期。
早知潮有信②，嫁与弄潮儿。

【注释】

①江南曲：乐府《相和歌辞》旧题，曲调来源于江
南恋歌。

②潮有信：潮水涨落有一定时间，称为潮信。

【译诗】

我嫁给了瞿塘商贾，他却一再，耽误我们所定的归
期，倘若，早知道江潮涨落有定，我不如，嫁给，弄潮
的男儿。

【赏析】

这首诗咏商妇相思之哀怨。这位少妇伫立在江边，
她面对江水，望眼欲穿，希望丈夫回归。但她天天盼
望，却总是失望，少妇由失望转而怨恨，她不由得胡思

乱想：早知商人这样重利无情，不守信约，还不如嫁给守信的弄潮儿。钟惺在《唐诗归》中评此诗说："荒唐之想，写怨情却真切。"黄叔灿在《唐诗笺注》中说："不知如何落想，得此急切情至语。"

七言绝句

七言四句，合乎律诗规范，亦有平起、仄起二格。此体为唐人所独创，常常作为歌辞，被之管弦。当时梨园子弟、旗亭歌女，以及社会上传唱的大多数是这种绝诗。它的最大特点是音情并茂，意长味永，咏唱之间，使人神情融和，物我无间。

贺知章

贺知章（659～744），字季真，越州（会稽）永兴（今浙江萧山县）人。武则天证圣年间（695）进士，官至太子宾客、秘书监。老年还乡隐居，自称"四明狂客"。他的诗富于感情，不拘一格，挥洒自如，体现了他豁达的性格。《全唐诗》存诗一卷。

回乡偶书

少小离家老大回，乡音无改鬓毛衰^①。

儿童相见不相识，笑问客从何处来？

【注释】

①无改：《全唐诗》作"难改"一本作"未改"。

鬓毛：两鬓的头发。衰：一作"催"或"摧"，凋
落、衰颓之意。

【译诗】

　　我从小离开家乡，荏苒时光，年华老大的我，如今，欣喜在回家的路上，我的乡音没有改变，我却早已鬓发斑斑，谁还认识我，不是家乡的儿童，他们看我是远方的客人，他们笑问我来自何方。

【赏析】

　　贺知章三十七岁中进士，返回乡里时已八十多岁，作了这首诗。诗中反映了他暮年归乡的复杂心情。诗的前两句极为概括地叙写诗人多年在外的经历，第二句含有离家在外，年华消逝，而思乡之情终莫能改的感慨。后两句通过描写他初到家乡，儿童笑问的生动情景，进一步抒写了岁月流逝，人世沧桑的深沉感情。全诗情感真实而亲切。

张 旭

　　张旭（生卒年不详），字伯高，吴（今江苏苏州）人，唐代著名的书法家，曾任常熟尉、金吾长史，世称"张长史"。他的草书和李白的诗歌、斐旻的剑舞，当时号称"三绝"。他写诗长于七绝，善写景色。《全唐诗》录存其诗六首。

桃花溪

隐隐飞桥隔野烟，石矶西畔问渔船①。

桃花尽日②随流水，洞在清溪何处边？

【注释】

①矶：水边突出的岩石。渔船：指渔船上的渔夫。

②尽日：整日。

【译诗】

荒野中一片云烟，缭绕着隐现的小桥，我伫立在石矶上，询问划来的渔船，桃花随着流水，不分昼夜，漂走，溪流的哪边，是仙境桃花洞？

【赏析】

这首诗是采用陶渊明《桃花源记》的意境，描写桃花溪的景色，抒发对理想的追求。首句写桃花溪远处迷茫的景色，紧接着写向曾去过桃源打渔的船家询问洞口，结果也是不得而知。全诗写景清新如画，叙事饶有趣味。

王 维

九月九日忆山东兄弟①

独在异乡为异客,每逢佳节倍思亲。

遥知兄弟登高处,遍插茱萸少一人②。

【注释】

①九月九日:重阳节,古人以九为阳数,双九为重阳。古代习俗,在重阳这天人们外出登高、聚饮菊酒或插茱萸。

②茱萸:一种药用植物,有浓烈香味。重阳节之时,茱萸色红香浓,古人依俗将茱萸折下,插在头上,认为可以避邪御冬。

【译诗】

我独自,远游在他乡,只是,他乡的客人,每逢佳节来临,总揪起我,对你们的无限思念,遥想,你们今日登高望远,遍插茱萸,却少了远方的我,少了你们,无限思念的,兄弟。

【赏析】

　　原诗有注"时年十七"，王维少年时曾漫游于洛阳、长安等地。这首诗大概作于此次游历期间。前两句写自己在节日里思念家乡的亲人。后两句写兄弟们重阳登高也在思念自己。通过这样的逆写，表达了对家乡亲人的无限依恋之情。全诗语言朴素，自然流畅，构思精巧，"每逢佳节倍思亲"一句，千百年来广为传诵。

王昌龄

芙蓉楼送辛渐

寒雨连江夜入吴①，平明送客楚山孤。

洛阳亲友如相问，一片冰心在玉壶②。

【注释】

　　①吴：指江宁、润州一带。这句是说，辛渐在寒雨漫江的夜晚来到江宁。

　　②冰心：比喻自己心地莹洁，为官清正，此句化用鲍照《白头吟》："直如朱丝绳，清如玉壶冰。"

【译诗】

寒冷的雨，泼落，大地与，江水，茫茫一片，一片茫茫，当我送别友人的时候，隐隐的孤独，徘徊，徘徊在我心中，别忘了，如果，如果亲友探问，请转告，我依然像玉壶一样，高洁。

【赏析】

这是王昌龄贬为江宁丞后写的送别诗。它含蓄地反映了诗人遭受打击的愤懑和孤寂心情。诗一开始就描绘寒雨入吴，客路孤寂的氛围，然后一笔宕开，写临别致意，请辛渐问候家乡亲友，诗人借玉壶冰心自喻，表白自己坚守操守的信念。诗写得十分含蓄深沉，整首诗都是围绕作者的思想感情而展开的。写送别而不言别，着重表现诗人的高洁，借以表达被贬的幽怨。

闺　怨①

闺中少妇不曾愁，春日凝妆上翠楼②。

忽见陌头杨柳色，悔教夫婿觅封侯。

【注释】

①闺怨：闺中人之怨。闺：妇女的卧室。

②凝妆：盛妆，着意打扮。翠楼：富贵人家所居。

【译诗】

深闺中的少妇，不知，什么是愁，春日融融，浓妆的她，登上了，翠楼，看见条条大路，看见杨柳飘拂，她却，突然愁上心头，悔恨让丈夫远行觅封侯，辜负了，大好时光，留下她一人空空。

【赏析】

这是一首闺怨诗。闺中的少妇不知道忧愁为何物，春日里浓妆艳抹，登上高楼观赏景色，忽然看到路边柳色青青，后悔让丈夫从军远行，去寻什么功名，却留下她一人，辜负了大好春光。诗抓住天真烂漫的少妇于登楼眺览春光时顷刻间的感情波澜，表现了追求世俗荣华不如朝夕相爱的感情。全诗先抑后扬，耐人寻味。

春宫怨

昨夜风开露井①桃，未央前殿月轮高。

平阳歌舞新承宠，帘外春寒赐锦袍②。

【注释】

①露井：未加覆盖的井。

②帘外春寒：暗指未央宫中不

寒，不寒而赐锦袍，更见其承宠之深。

【译诗】

春风轻轻，吹开露井边的桃花，明月高高，照亮未

央宫的殿堂，昨夜，是哪个，能歌善舞的佳人，又赢

得，天子的宠幸，赐予华丽的锦袍，是天子的爱怜，唯

恐她，受到春寒的，侵袭。

【赏析】

这是诗的题目是春宫怨，而诗里却无一字、一句写

宫妃的哀怨，相反，通篇只是描绘汉朝卫后如何如何受

宠的事，借以反衬失宠后妃的哀怨，语多含蓄。诗贵曲

而忌直，这样描写充分体现出王昌龄七绝诗"深情幽怨，意旨微茫，令人测之无端，玩之不尽"的特色。正如沈德潜所评："只说他人之承宠，而已之失宠悠然可会，此国风之体也。"

王　翰

王翰（生卒年不详），字子羽，并州晋阳（今山西太原市）人。唐睿宗景云元年（710）进士。累官驾部员外郎，曾为汝州长史、仙州别驾，后贬道州司马卒。他恃才不羁，以豪放著称，日与才子豪侠饮乐，为诗多壮丽之词。《全唐诗》录存其诗一卷。

凉州曲

葡萄美酒夜光杯，欲饮琵琶马上催①。
醉卧沙场君莫笑，古来征战几人回。

【注释】

①琵琶：本出西域，据刘熙《释名》：琵琶为马上

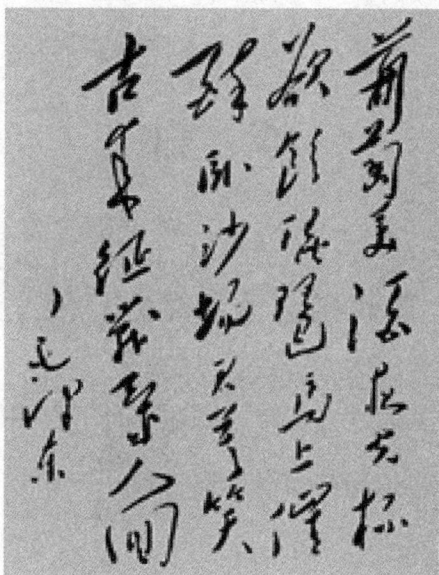

所弹乐器。催：劝酒。

【译诗】

　　葡萄酒，夜光杯，英雄的豪气，征人的痛饮，琵琶声响，催促，马背上的刀枪，不要见笑，我们醉卧沙场，古来征战，有几人，能够回还？

【赏析】

　　这是有唐边塞诗名篇。全诗写得似乎豁达豪放，而末句写出战士的哀痛，"古来征战几人回"？这是反对开边战争，穷兵黩武的呼喊。诚如沈德潜评论这首诗是"故作豪饮之词，然怨戚已极"。

李 白

黄鹤楼送孟浩然之广陵^①

故人西辞黄鹤楼，烟花三月下扬州^②。

孤帆远影碧空尽，惟见长江天际流^③。

【注释】

①广陵：现在的江苏省扬州市。之：去。

②烟花三月：指江南春天的景物。阴历的江南三月正是百花盛开的时候，田野上常有迷迷蒙蒙的雾气，古人称之为"烟花"。下扬州：到扬州去。下，是指顺流直下，说明船行的很快。

③碧空尽：消失在碧色的天空中。惟见：只见。天际：天边。

【译诗】

友人向我，频频，挥手，告别了黄鹤楼，他要去东方的扬州远游，阳光明媚的三月，百花繁茂，顺着长江的流水，他的帆影，渐渐，消失在碧空中，只看见，长江在天边奔流。

【赏析】

　　这首送别诗，大约写于开元二十年（732）前后。全诗语言清丽，气象开阔。首句点明送别地点，老朋友要走了，而且是在同游的胜地分手的，隐约吐露出一片惋惜之意。次句点明朋友是在春光明媚的时节里顺江东下去扬州。末尾二句，寄寓着诗人在朋友去后的怅望情绪。表面看来全是写景，但诗人在送走朋友后，还长久伫立江边凝望，表现了诗人对朋友深厚而热烈的友情。

早发白帝城①

　　朝辞白帝彩云间，千里江陵一日还。

　　两岸猿声啼不住，轻舟已过万重山。

【注释】

　　①白帝城：故址在今四川奉节县白帝山上，为东汉公孙述所筑。

【译诗】

　　黎明，为我送行，彩云，笼罩着白帝城，一叶轻快的小舟，会把我带到千里外的江陵，两岸的猿猴，不停

啼叫，小舟载着我的欢快，穿过了，重重高山，重重
险峻。

【赏析】

李白因永王璘事件被流放夜郎，肃宗乾元二年二
月，他走到四川，当时朝廷因关中大旱，宣布大赦，李
白也被赦免。心里十分喜悦，随即从奉节登舟东归，写
下了这首诗。诗主要是写回归江陵的一日行程及途中所
见景物，表达了诗人内心的极度欢悦之情。诗篇浑然天
成，毫无雕镂文饰，历代评家给这首诗以高度评价，清
王士禛称这首诗是"历代七绝第一。"杨慎在《升庵诗
话》中则评这首诗"惊风雨而泣鬼神矣！"

岑 参

逢入京使①

故园东望路漫漫，双袖龙钟泪不干。
马上相逢无纸笔，凭君传语报平安②。

【注释】

①入京使：从边塞回京城的使者。

②凭君：托您，请您。传语：带个口信。

【译诗】

哪里是我的家，迢迢千里路望不到尽头，思乡的泪
沾湿了我的双袖，模糊了我的面容，骑在马上，我与你
匆匆相逢，请你转告我的家人，我依然平安无恙，纵然
我，仍旧仆仆风尘四处奔走。

【赏析】

唐玄宗天宝八年，岑参因调任赴安西。这首诗是赴
任途中作的。诗中前两句，写东望故园，泪流不止，抒
思乡之情。后两句写诗人路上巧遇熟人去往长安，正好
手边没带纸笔，只能相托捎个口信回家报平安。还是日
常生活中的小事，但作者抓住了这个细节，以自然质朴

的话语，说出了令人叫绝的特定的真实情感，所以能打动人。

杜 甫

江南逢李龟年

岐王宅里寻常见①，崔九堂前几度闻②。

正是江南好风景，落花时节又逢君③。

【注释】

①岐王：唐玄宗的弟弟李範，以好学爱才著称，雅善音律。

②崔九：崔涤，九是其排行。

③君：指李龟年。

【译诗】

往昔，我们多次相见，交心，在崔九的客堂，在岐王的府第，你绝妙的技艺，震撼我，刻骨铭心，想不到，我们各自漂零，落花时节的江南，是风，把我们吹拂，把我们吹在一起。

【赏析】

　　杜甫于唐代宗大历五年（770）年逝世，本诗是他去世前不久的作品。杜甫少年时曾在洛阳听过李龟年唱歌，想不到几十年以后又在江南和他相遇，抚今追昔，无限感慨。诗前两句写和李龟年的交情，后两句写重逢的感慨。这首诗感情深藏在平易叙述之中，评家认为盛唐七绝当以此诗为压卷。黄生云："此诗与《剑器行》同意，今昔盛衰之感，言外黯然欲绝，见风韵于行间，寓感慨于字里。"

韦应物

滁州西涧

独怜^①幽草涧边生，上有黄鹂深树鸣。

春潮带雨晚来急，野渡无人舟自横^②。

【注释】

　　①独怜：最爱。

　　②野渡：郊野的渡口。舟自横：指雨天行人稀少，

无人渡水，小舟任意漂浮。

【译诗】

我喜爱，生长在涧边的，幽草，静静，静静的树丛中，幽深着浓密，快乐的黄莺，快乐的欢啼，晚潮，夹着春雨，流淌的河水，流得，分外湍急，只有一只孤舟，横亘在河里。

【赏析】

这首诗是德宗建中二年（781），作者任滁州刺史时所作。诗人在描绘涧边幽草，深树黄鹂这一浓丽春色的同时，还极力渲染春潮雨急的景象。诗中虽是一幅无人境界，却能让人感到生机勃勃。全诗有动有静，有声有色，形象丰富优美，形成一幅意境淡雅的风景画。

张 继

　　张继（生卒年不详），字懿孙，襄州（今湖北省襄阳县）人，天宝十二年（753）进士，曾任盐铁判官。大历末，调检校祠部员外郎。重气节，好谈论，关心人民疾苦。殁于洪州（今江西南昌）。

　　他和刘长卿、顾况有交往，写了不少旅游题咏诗。唐人高仲武说他"诗体清迥"。《全唐诗》录存其诗一卷。

枫桥夜泊①

月落乌啼霜满天，江枫渔火对愁眠②。
姑苏城外寒山寺，夜半钟声到客船。

【注释】

　　①枫桥：在今江苏省苏州市西郊枫桥镇。夜泊：晚上泊船岸边。

②江枫：江边的枫。对愁眠：愁人对渔火而眠。

【译诗】

月亮沉落了，秋霜弥漫高天，一片静，只有乌鸦在啼叫，江边的枫叶若隐若现，江中的渔火，点点，照着我的愁，我怎能安眠，听，夜半时分，姑苏城外寒山寺的钟声，悠扬着铿锵，悠悠传到我的小船。

【赏析】

这首诗是广泛传诵的名篇。首句写霜天夜景，暗指时令属秋，统摄全诗。接着写江枫渔火。再由近及远，写出了在朦胧月光下寒山寺的轮廓，这些是所见。诗人还写了所闻，月落时的乌啼，寒山寺夜半传来的钟声。于寂静的景物描绘中，杂以对声响的描写，更衬托出秋夜的幽静。诗中凝聚着诗人羁旅穷途的忧思，作者设声描声，创造了一种清冷孤寂的氛围。全诗情景交融，为七绝之典范。

韩 偓

寒 食

春城①无处不飞花，寒食东风御柳②斜。

日暮汉宫传蜡烛，轻烟散入五侯家。

【注释】

①春城：春天的长安城。

②御柳：皇宫御苑里的杨柳。

【译诗】

暮春的京城，落花漫天飞舞，寒食时节，宫柳随风飘横，黄昏时分，汉宫分赐蜡烛，袅袅轻烟，飘散在五侯家。

【赏析】

这是一首政治讽刺诗。唐肃宗、代宗以来宦官擅权，把持朝政，政治日益腐败，有似汉末之世态。诗人对此深为忧愤，借寒食节赐烛的故事，给予嘲讽。全诗含蓄委婉，构思精巧。

刘方平

刘方平（生卒年不详），河南（今河南洛阳）人。以隐居不仕见称于时，与皇甫冉为诗友，脱略世故，情志淡泊，善画山水，为诗多悠远之思。《全唐诗》录存其诗一卷。

月　夜

更深月色半人家，北斗阑干南斗斜。

今夜偏知①春气暖，虫声新透②绿窗纱。

【注释】

①偏知：方知。

②新透：初透。

【译诗】

空空的夜。静静的月光，半照人家。北斗横，南斗斜。暖暖的春气，袭来，今夜，虫鸣声，透进了绿色的窗纱。

【赏析】

这首诗写诗人在初春的深夜中所见所感。初春的深夜，月光斜照，星宿横斜。在这样静谧的环境中，诗人感到大地回春，万物复苏，虫声透窗，一片生机。全诗清新动人。

春 怨

纱窗日落渐黄昏，金屋无人见泪痕。

寂寞空庭春欲①晚，梨花满地不开门。

【注释】

①欲：将要。

【译诗】

纱窗下落着日影，黄昏，缓缓降临，空守金屋，孤独的她，悲伤的泪，春天即将过去，寂寞的空庭，破碎的心，只见，梨花满地，院门封闭。

【赏析】

这是一首宫怨诗。诗的前二句写纱窗日落，主人公住着金屋，却无人过问，唯有流泪度夜。后二句点明时令已到暮春，梨花满地，重门深掩，屋外一片空寂。全诗曲折委婉，把深锁后宫的宫妃与世隔绝、孤苦无依的悲惨生活作了深刻的表现。

柳中庸

柳中庸（生卒年不详），名淡，以字行，河东（今山西永济县）人。曾为洪府户曹，与诗人卢纶、李端为诗友。《全唐诗》录存其诗十三首。

征人怨

岁岁金河复玉关，朝朝马策与刀环①。

三春白雪归青冢②，万里黄河绕黑山。

【注释】

①朝朝：日复一日。马策：即马鞭。刀环：刀柄铜环，在此用以指刀。

②青冢：昭君墓，在今呼和浩特市南。相传塞外草白，而此墓上草独青，故名。

【译诗】

带血的刀枪，驰骋着战马，征人，年年出征，年年鏖战，洒血在边关，漫天的飞雪，飞雪飞扬塞外，盖满青冢绵延不断，看那滔滔的万里黄河，依然，蜿蜒着沉沉黑山。

【赏析】

此诗写征人久戍不归的怨恨。远离家乡的征人，年年转战于西北苦寒之地，天天与兵器打交道。暮春三月本来是征人家乡春暖花开的时候，但边塞之地仍然白雪纷飞；黄河九曲，环绕着沉沉黑山。一切都那样零落荒凉。诗中没有一字是怨，但字字是怨，把征战之人厌倦戎马生涯的怨情寓于其中。

全诗每句皆对，语言精工自然。

顾 况

顾况（725～814），字逋翁，苏州人。至德二年（757）进士。德宗时曾任秘书郎、著作郎等职。因作诗嘲讽权贵，被贬饶州司户参军。晚年隐居茅山。

顾况的诗多属古体，律诗较少。它的作品中有不少是反映现实，关心人民，具有讽世意义。在表现方法上，不以文词艳丽取胜，常以俗语俚语入诗。有《华阳集》传世。

宫　词

玉楼天半起笙歌①，风送宫嫔笑语和。
月殿影开闻夜漏，水精帘卷近秋河②。

【注释】

①玉楼：喻楼的华贵。
②水精：水晶。秋河：秋夜的银河。

【译诗】

玉楼笙歌，声声透入云霄，清风微微，传送宫女的欢笑，月光映着殿堂，静静的夜，更漏铿锵悠长，寂寞的她，卷起帘幕，把茫茫的天河，凝望。

【赏析】

这是一首宫怨诗。诗中前二句诗着力描写受到宠幸的宫妃的欢乐景况，玉楼高耸、笙歌喧嚣，欢声笑语，随风送远；后二句则描写得不到宠幸的宫妃的凄凉孤独。

　　宫院静寂，更深半夜，只能听到漏斗声声，耿耿长夜，难以入睡，只有卷起窗帘，愁望银河。前后两相对比，表现出极深的怨情。

李 益

夜上受降城闻笛

　　回乐峰前沙似雪，受降城外月如霜。
　　不知何处吹芦管①，一夜征人尽望乡。

【注释】

　　①芦管：指芦笛。

【译诗】

　　沙白似雪，白了回乐峰，月色如霜，茫茫受降城，是何处，响起芦笛声，唤起，征人的悲伤，整夜把家乡盼望。

【赏析】

　　这是中唐边塞诗中的名篇。

　　诗中前两句作者用了两个色彩鲜明的比喻，描绘了边地月夜莽莽黄沙如雪，皎皎寒月似霜的景象。后两句写远处吹响了声音哀怨凄凉的芦管，勾起了士兵们的思乡之景，回望故乡。表达了戍卒由于长期驻守边地而产生的深切怀乡感情。全诗情景交融，含蓄而有余味。

刘禹锡

乌衣巷

朱雀桥边野草花①，乌衣巷口夕阳斜。

旧时王谢堂前燕，飞入寻常②百姓家。

【注释】

　　①朱雀桥：秦淮河上的浮桥，东晋时建，故址在今南京市镇淮桥稍东。野草花：野草开花。花字在此作动词用。

　　②寻常：平常，普通。

【译诗】

　　哪里去寻觅，朱雀桥的，繁华，桥边已长满杂草野花，哪里去探望，乌衣巷的，堂皇，夕阳映照着失望凄凉，昔日的显赫与辉煌，早已逝去，富贵豪门堂前的燕子，如今飞进了，平常百姓人家。

【赏析】

《乌衣巷》是《金陵五题》的第二首，也是诗人凭吊金陵历史遗迹后抒发的今昔之感。野草花，夕阳斜，作者描绘了乌衣巷而今衰败的景象，是闲花野草丛生，是残阳·昏黄的光线照射乌衣巷口。寥寥两句，写出旧地的没落。接着，作者发挥了丰富的想象，运用强烈的对比，道出了乌衣巷的沧桑变化。旧时，王谢两家豪门望族，车水马龙，冠盖相望，何等风光；而今，那里的燕子却入平房草舍，普普通通的百姓人家。"旧时王谢堂前燕，飞入寻常百姓家"一句久经传诵。

施补华《岘佣说诗》有评："若作燕子他去，便呆，益燕子仍入此堂，王谢零落，已化作寻常百姓矣。如此则感慨无穷，用笔极曲。"全诗意境深邃，寓意良多，正如白居易所评："掉头苦吟，叹赏良久。"

春　词

新妆宜面下朱楼①，深锁春光一院愁。

行到中庭数花朵，蜻蜓飞上玉搔头②。

【注释】

①新妆宜面：指脸上新擦脂粉，匀称适宜。朱楼：即红楼，常指富家女子的居处。

②玉搔头：玉簪。

【译诗】

多么匀称的脂粉，多么得体的梳妆，她缓缓，走下红楼，空空的院庭，锁住了，大好春光，锁不住，她的思愁，徘徊着孤寂，空数着花朵，无聊的时分，一只蜻蜓，飞上她的玉簪。

【赏析】

这是一首宫怨诗。美人精心梳妆后走下朱楼，结果无人欣赏。失望之余，以闲数花朵打发无聊的时间，不料蜻蜓却爱美人，飞上头欣赏新妆。女主人公被深锁宫中，春光虚度，处境孤寂冷落，不能不一腔哀怨。本诗细腻而生动，留有想象的余味。

白居易

宫 词

泪尽罗巾梦不成，夜深前殿按歌声①。

红颜未老恩先断，斜倚熏笼坐到明②。

【注释】

　　①泪尽：犹湿透。按歌声：按着节拍唱歌。

　　②熏笼：熏衣用的笼子。

【译诗】

　　泪水湿透了手帕，好梦已经逝去，前殿欢快的歌舞声，刺激深夜的凄楚，容颜还未衰老，恩爱早已断绝，她斜倚在熏笼旁，一直呆坐到天明。

【赏析】

　　这也是一首宫怨诗。先写垂泪不寐，再写前殿歌声，一动一静，形成对比，表现这位宫女的失宠。第三句说出怨意。最后写宫女失意之年，夜不成眠，呆坐到天明。这首诗与前面顾况的《宫词》相比稍显直露，但却一样哀哀动人。

张 祜

赠内人

禁门宫树月痕过，媚眼①惟看宿鹭窠。

斜拔玉钗灯影畔，剔开红焰②救飞蛾。

【注释】

①媚眼：明媚的眼睛。

②红焰：灯芯。

【译诗】

深沉的夜，月影慢慢移过宫树，宫苑中，她脉脉含情的眼睛，痴望着，栖息的白鹭；一盏孤灯，引诱，飞蛾扑火，她，轻轻，拔下玉簪，轻轻，剔开灯焰，让飞蛾，轻快地，飞走。

唐 诗

【赏析】

　　这首诗咏宫人寂寞无聊的生活。前两句，写宫人生活的孤寂苦闷。后两名通过写宫人枯坐"拔玉钗"、"救飞蛾"这两个形象化动作，表现了她的无聊和对弱小的同情。全诗词语艳丽，语意含蓄，句句描绘宫人孤寂的心情，耐人寻味。

集灵台（二首）

其 一

日光斜照集灵台^①，红树花迎晓露开。
昨夜上皇新授箓，太真含笑入帘来。

【注释】

　　①集灵台：即长生殿，在华清宫内。

【译诗】

　　斜斜的日光，照着集灵台，妍丽的红花，迎着晨露盛开，昨夜天神赐予玄宗符箓，微笑的太真缓缓走进帘来。

【赏析】

　　这首诗讽刺唐玄宗和杨贵妃。杨贵妃本为唐玄宗之

515

子寿王的妃子，后被玄宗看中，命为女道士，赐号太真，再后收入后宫，纳为贵妃。了解这一背境，本诗嘲讽贬损之意不言而喻。"太真含笑入帘来"传神地写出杨玉环献媚轻薄的神态。

其　二

虢国夫人承主恩，平明骑马入宫门①。

却嫌脂粉污颜色，淡扫蛾眉朝至尊②。

【注释】

①平明：天亮时。骑马入宫门：写出虢国夫人的骄纵。

②"却嫌"二句：见《杨太真外传》："虢国不施朱粉，自有美艳，常素面朝天。"却嫌：反嫌。扫：画。至尊：封建社会对皇帝的尊称。

【译诗】

虢国夫人享受皇上的隆恩，一早骑着骏马直进宫门。她嫌弃脂粉污秽她的美貌，只淡淡描绘了双眉便去朝见至尊。

【赏析】

这也是一首讽刺诗。前二句写虢国夫人受到特殊恩宠，可以在黎明时就进宫，任意出入，而且还可以骑马进宫，刻画了她的轻狂傲慢，揭露了她和唐玄宗的暧昧关系。后二句写虢国夫人"淡扫蛾眉，"不施脂粉，在唐玄宗面前炫耀自己的姿色，表现她的娇媚和卖弄风姿，唐玄宗的荒淫好色，也就暴露无遗。本诗笔法含蓄，贬抑自在不言中。

题金陵渡

金陵津渡小山楼①，一宿行人自可愁。
潮落夜江②斜月里，两三星火是瓜州。

【注释】

①津渡：渡口。津与渡一个意思，在此为复词。小山楼：指作者宿处。

②夜江：夜色里的长江。

【译诗】

金陵渡口，静静的一座小楼，夜宿的远行人，孤独的乡愁；月亮西沉的时候，江潮已经退尽，火光点点闪烁，照亮的是对岸的瓜州。

【赏析】

此诗写诗人的旅夜愁怀。诗的前两句写羁旅之愁：

诗人歇宿在金陵津渡口的一座小楼里，因为远离了家乡，心里不免泛起一阵淡淡的乡愁。三、四两句从"自可愁"引出。因胸怀愁闷，所以深夜难眠，在小山楼上推窗远望，只见斜月映在潮落后的江水里，江对面的瓜州，隐隐约约地现出两三星火。全诗语言朴素自然，把江上清丽的夜景描绘得美妙如画。